AF172097

Bibliografische Information der Deutschen Nationalbibliothek:
Die Deutsche Nationalbibliothek verzeichnet diese Publikation
in der Deutschen Nationalbibliografie, detaillierte bibliografische
Daten sind im Internet über http://dnb.dnb.de abrufbar

Originalausgabe Dezember 2016
Texte Copyright © 2016 by Marcus Becker
Bilder © bei den jeweiligen KünstlerInnen
Herstellung und Verlag:
BoD – Books on Demand, Norderstedt

„Kalles Kram im Kopf" erscheint jeden Sonntag auf facebook.
Von Marcus Becker verfasst.

Lektorat: Gesine Otto
Gestaltung und Satz: Bianca Schützenhöfer

ISBN: 978-3-7431-1578-1

Im Juni 2015 hat Kalle unter der Überschrift „Kalles Kram im Kopf" das virtuelle Licht der Welt erblickt. Die Geburt einer besonderen Art. Oder die besondere Geburt der anderen Art. Denn Kalle denkt gerne. Nicht wirklich alles zu Ende, aber eben gerne. Er assoziiert sich durch seine Welt. Wie wir das eben alle mehr oder weniger so machen. Eigene Ansichten über die eigene Wahrnehmung. Die subjektive Sichtweise. Und den Tellerrand vom Hörensagen her kennend. In dem Bewusstsein, dass es ihn gibt. Mehr auch nicht.

Kalle spricht eigentlich viel lieber mit sich selbst als mit anderen. Da widerspricht ihm auch niemand. Allerdings hält er sich von Stammtischen fern. Öffentlichkeit ist nicht so seins. Trotzdem wollte er es mal versuchen. Mit diesem Internet. Das findet er spannend. Da kann man anonym bleiben. Und seinen Gedanken meist ungestraft freien Lauf lassen. Aber nicht unkommentiert.

Man hat Kalle gesagt, dass man sich im Internet kurz halten soll. Findet er gut. Hält er sich dran. Kurze Sätze. Und wenig. Weniger selbst als diese Ankündigungszeilen hier. So eine angemessene Portion Kram im Kopf für das Wochenende eben. Und das ab sofort jeden Sonntag. Da hat er eine Woche Zeit, seine Gedanken zu ordnen. Als ob sie dadurch ordentlich werden würden . . .

Doch so ganz anonym ist Kalle gar nicht. Ein paar Dinge sind über ihn bekannt: Kalle heißt eigentlich Karl-Heinz. Der Nachname tut nichts zur Sache. Kalle gehört noch nicht zum alten Eisen, ist aber auch kein Jungspund mehr. Irgendetwas dazwischen, nennen wir es erfahrenes Spätjugendtum. Sein Familienstand ist ungewiss. Ihm selbst. Er definiert das wie auch andere Dinge eher dynamisch. Und lässt damit erfrischend viel Offenheit zu. Er arbeitet. Nicht immer. Und nicht immer das gleiche. Aber so ohne Arbeit wäre es langweilig. Zu wenig Stoff für den Kopf.

Und jetzt gibt es dieses wunderschöne kleine Büchlein hier. Die ganzen Gedanken von einem Jahr gebündelt. Und von befreundeten Künstlerinnen und Künstlern illustriert. Das freut Kalle. Denn zeichnen, das mag ihm so gar nicht gelingen. Also viel Spaß beim Eintauchen in eine ganz eigene Gedankenwelt, die wahrscheinlich aber gar nicht so Wenige nachvollziehen können. Oder sogar teilen.

Kalle assoziiert sich durch die Welt. Und lässt uns daran teilhaben. Herzlich willkommen zu „Kalles Kram im Kopf":

Kalle denkt:
Anfang. Aller ist schwer. Und dennoch wohnt inne ihm ein Zauber. Allem. Meister Yoda lässt grüßen. Und Hesse sowie Ovid auch. Trotzdem beginnt es immer mit dem ersten Schritt, egal wie weit der Weg ist. Wie weit dieser weg ist. Von einem selbst. Weil man in seinem eigenen Trott festhängt. Sich um sich selbst kreist. Rechts oder links vergisst. Wobei man rechts getrost vergessen kann. Gibt es die Mitte eigentlich noch? Die soll ja neu definiert worden sein. Von wem auch immer. Für Wählerstimmen. Für den Machterhalt alles auf Neustart. Täte manchem manchmal gut. Reset und alles beginnt von vorne. Von Neuem. Wie an Silvester. Oder mit dem Urknall. Ursprung. Uhrzeit. Doch wie schwer ist so ein Anfang wirklich? So schwer wie ein Urgestein? Der erste Schritt. Wer soll ihn machen, der Mann oder die Frau? Lässt sich das heute überhaupt noch eindeutig sagen? War das irgendwann mal eindeutig? Hat sich das mit dem Geschlecht nicht sowieso durch das Gendern erledigt? Und was ist eigentlich schlecht daran? Und was ist gut am Leer? Was am Wein gut ist, wissen wir alle! Wein, Weib, Gesang. Weib darf man gar nicht mehr sagen. Trotzdem heißt es immer noch „Die lustigen Weiber von Windsor". Shakespeare ist einfach unantastbar. Und der Kalauer zu geschütteltem Bier bleibt aus. Lustige Sache . . .

Kalle denkt:

Flüchtlinge. Sie kommen. Wundert mich nur, dass sie erst jetzt kommen. 1990 gab es schon einen Film darüber. Der Marsch. Scheint irgendwie niemand mehr zu kennen. Hat das Szenario vorweg genommen. Eindrucksvoll. War irgendwie alles zu erwarten. Aber so weit scheint keiner zu denken. Dass das nicht immer so weitergehen kann. Mit Gewinnern und Verlierern. Mit arm und reich. Und vor allem reich, weil eben andere arm gehalten werden. Dass es uns nur gut gehen kann, wenn es denen schlecht geht. Kann auch nicht so weitergehen mit Wachstum. Kann nicht endlos sein. Irgendwann ist mal alles ausgewachsen. Und dann? Ist doch klar, dass die irgendwann kotzen. Oder aufbegehren. Wegen dieses unerträglichen Zustandes. Dann sind die ja viel mehr. Und würden wir sie abknallen, wenn sie vor unseren Grenzen stünden? Kommen ja meist nicht so weit. Das haben wir schlau gemacht. Mit diesem Drittstaatenabkommen. Kann eigentlich niemand zu uns kommen. Nur illegal. Mit dem Flugzeug. Gut, dass wir am Flughafen auch gleich Abschiebehaft haben. Und sogar eine Abschiebebeobachterin. Die begleitet die Abgeschobenen. Jeden Tag sind das in Frankfurt 15 bis 20. Die darf niemand sehen. Und sie sagt auch nicht „Auf Wiedersehen" zu denen. Setzt sie ins Flugzeug. Und morgen wieder andere. Beschissene Sache . . .

Kalle denkt:
Kultur. Was der Mensch gestaltend hervorbringt. Eben nicht Natur. Beutel zum Beispiel. Hoch. Hydro. Pop. Sub. Hat nix mit SM zu tun. Mono und Pilz. Lymphozytenmischkultur ist das längste Wort dazu im Duden. Auch schön: Beschwerdekultur. Hat sich ganz schön eingebürgert. Über Gott und die Welt. Häufig über das Wetter. Ziemlich sinnlos. Kann ich nicht beeinflussen. Gibt es. Jeden Tag. Ist aber dennoch Gesprächsthema. Gemeinsamer Feind. Brauchen wir anscheinend. Schwarz und Weiß. War noch einfacher alles, als der Feind klar war. Waren die im Osten. Jenseits der Mauer. Die dauernd vor der Tür standen. Nicht nur im Dezember. Heute lauert der überall. Schläft meistens. Aber wehe, wenn er losgelassen. Wobei eigentlich recht einfach zu identifizieren. Gehört dem islamischen Glauben an. Hat Bart. Radikale Ansichten. Steht auf Jungfrauen. Wie kommt man eigentlich zu radikalen Ansichten? Da muss einem doch irgendetwas gehörig gegen den Strich gehen. In unserer westlichen Kultur undenkbar! Läuft doch alles. Nur auf wessen Kosten? Unangenehme Frage. Müsste man nachdenken. Nachfragen. Tiefer bohren. Und würde vielleicht auf Dinge stoßen, die einem nicht schmecken. Unverdaulich sind. Oder einem aufstoßen.  Dann bleiben wir doch lieber bei unserer medialen Esskultur. Leichte Kost. Wohlproportioniert und nett angerichtet. Unappetitliche Sache . . .

Streit. Meinungsverschiedenheit. Muss gar nicht feinselig sein. Aber wer kann das schon neutral? Ton und Gestik und Mimik können das ganz schlecht. Können nämlich nicht lügen. Nur nach verdammt hartem Training. Und selbst dann nicht immer. Das Konzept der radikalen Ehrlichkeit. Der Körper kann es. Schönes Konzept. Müssten Politiker mal ausprobieren. Und Politikerinnen natürlich auch. RechtsanwältInnen. ZeugInnen. Werbefuzzies und -innen. Wir alle. Nur mal so einen Tag.

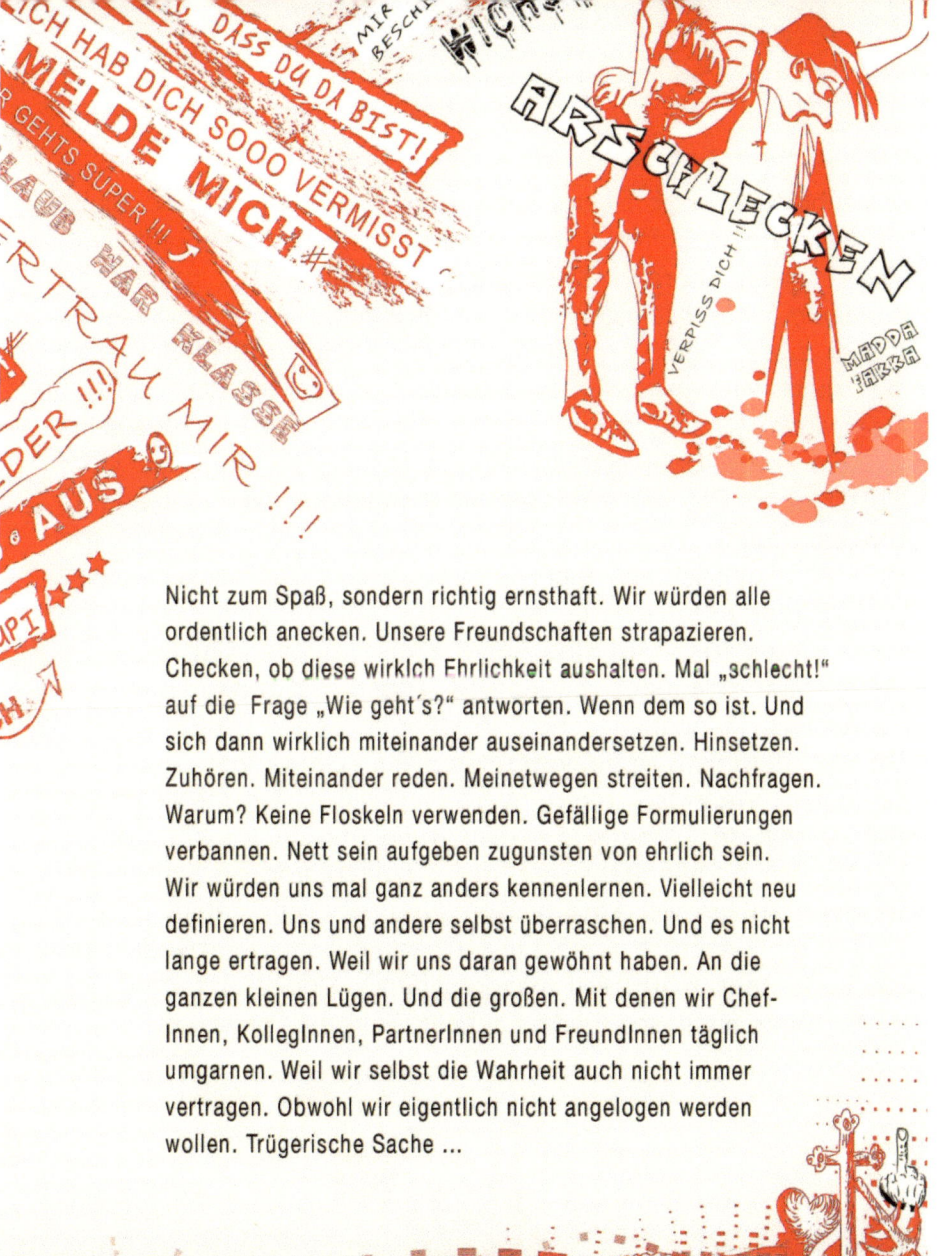

Nicht zum Spaß, sondern richtig ernsthaft. Wir würden alle ordentlich anecken. Unsere Freundschaften strapazieren. Checken, ob diese wirklch Ehrlichkeit aushalten. Mal „schlecht!" auf die Frage „Wie geht´s?" antworten. Wenn dem so ist. Und sich dann wirklich miteinander auseinandersetzen. Hinsetzen. Zuhören. Miteinander reden. Meinetwegen streiten. Nachfragen. Warum? Keine Floskeln verwenden. Gefällige Formulierungen verbannen. Nett sein aufgeben zugunsten von ehrlich sein. Wir würden uns mal ganz anders kennenlernen. Vielleicht neu definieren. Uns und andere selbst überraschen. Und es nicht lange ertragen. Weil wir uns daran gewöhnt haben. An die ganzen kleinen Lügen. Und die großen. Mit denen wir ChefInnen, KollegInnen, PartnerInnen und FreundInnen täglich umgarnen. Weil wir selbst die Wahrheit auch nicht immer vertragen. Obwohl wir eigentlich nicht angelogen werden wollen. Trügerische Sache ...

Kalle denkt:
Schlecht. Nicht alles ist so. Auch wenn man beim Grübeln meist ins Negative abdriftet. Ich zumindest. Kriege, Ungerechtigkeit, Elend. Krisen überall. Asylprobleme, Geldprobleme, psychische Probleme, Königsberger Brückenproblem, Problemprobleme. Wetter auch noch mies. Wenig Licht am Horizont. Vieles lässt man nicht an sich heran. Selbstschutz. Würde verrückt werden. Oder andauernd kotzen. Trotzdem Grübeln. Über ob das alles so sein muss. Über Schuld. Haben immer die Anderen. Über die da oben. Die das zulassen. Und vielleicht gar nicht anders können. Politik wird vorgeschrieben. Wenn wir wüssten von wem. Aber müssen wir nach oben schauen? Was passiert links? Und rechts? Kann ich da etwas tun? Domino-Effekt. Wenn ich etwas Gutes tue, wird das seine Kreise ziehen. Glücksprinzip. Netter Film. Trauriges Ende. Das Leben hat halt selten ein Happy End. Manchmal schon. Pfadfinder. Jeden Tag eine gute Tat. Ist natürlich Definitionssache. Der Oma über die Straße helfen. Wenn sie denn überhaupt will. Oder mal Lächeln. Einfach mal so. Ohne was dafür zu wollen. Ohne Hintergedanken. In der Straßenbahn mit der Sitznachbarin sprechen. Wo sie denn so hin will. Und warum. Und vielleicht entspinnt sich daraus ein Gespräch. Tiefsinnig. Oberflächlich. Überhaupt. Und am Ende sagt man „Auf Wiedersehen!". Und meint das vielleicht sogar auch so. Beide Lächeln. Schöne Sache …

Kalle denkt:
Musiker. Im nächsten Leben. Guter Plan. Sex, Drugs and Rock'n'Roll. Zerstörte Hotelzimmer. Jede Nacht ein anderes Groupie. Ruhm. Geld. Hitparade. Drogentod. Am besten mit 27. Willkommen im Club. Ist aber längst nicht mehr so. Straight Edge. Fit sein für die Bühne. Und leider kaum Groupies. Schade. Und trotzdem. Muss erhaben sein, von einer Bühne zu spielen. Wenn Tausende die eigene Melodie mitsingen. Den Text lebendig werden lassen. Die Arme in die Höhe recken. Frage und Antwort. Gutes Gefühl. Beim Musiker. Beim Konzertbesucher. Augen schließen. Genießen. Momente mit genau dieser Musik nachempfinden. Sich im Takt wiegen. Die Liebste nebendran. Hände halten. Fester. Ein Kuss. Meinetwegen auch über den Text nachdenken. Den eigenen Sinn herausfiltern. Emotionen. Gemeinsames Erleben. Schweißt zusammen. Dann noch die Lichter. Der Alkohol. Meinetwegen auch was zum Kiffen. Gefühlsverstärker. Und dann fliegen. Mit der Melodie durch die Lüfte. Der Bass brummt im Bauch. Fließt durch die Adern. Wird verfolgt von der Gitarre. Die spätestens beim Solo aufholt. Mit dem Bass verschmilzt. Das Klavier zum Tanz einlädt. Ebenso die anderen Instrumente. Und den Gesang zur Wahrheit emporhebt. Wahrheit für den Moment. Einzige Wahrheit. Lied für Lied. Der verdiente Applaus, der nach mehr schreit. Bis hinter die Bühne dringt. Zur Zugabe anspornt. Und alles beginnt von vorne. Wunderbare Sache . . .

Fremd. Heimat ist Heimat. Das spürt man. Muss man nicht lange definieren. Bekannte Wege. Bekannte Gesichter. Geschichte. Geschichten. Storys. Wissen über den. Informationen über diese. Organisch gewachsen. Was passiert beim Umzug? Ob erzwungen oder freiwillig. Wie lange braucht man, bis man eine Stadt erfasst hat? Bis man heimisch ist? Oder sich zumindest so fühlt. Ist wahrscheinlich individuell. Aber grundsätzlich schwierig. Gefühle entwickeln für die früheren Selbstverständlichkeiten. Wege erkunden. Und hinterfragen. Alles auf dem Prüfstand. Ob es Heimat werden kann. Danach schmeckt. Vergleichen. Erst ist da das Gefühl von Euphorie. Gefördert durch die eigene Offenheit. Alles ist neu. Alles ist anders. Dann kommen die ersten Irritationen. Denn es ist anders. In Kleinigkeiten. In existentiellen Dingen. Und dann entscheidet man. Behalte ich meine kulturelle Idendität? Nehme ich das Neue an? Oder entscheide ich mich für eine Mischung? Und dennoch bleibt Heimat Heimat. Auch wenn sich bekannten Wege verändern.
Umgebaut werden.

Die Gesichter älter werden. Und nicht mehr alle Geschichten bekannt sind. Aber dieses Gefühl, wenn man in den Heimathafen einfährt. Oder Bahnhof. Oder Autobahnausfahrt. Das Herz seufzt. Hüpft. Der Körper entspannt sich. Die Vergangenheit sagt Hallo. Vertraute Sache ...

Kalle denkt:
Seele. Baumelt gerne. Beziehungsweise lässt sich baumeln. Keine Ahnung, wo die sein soll. Hab sie noch nicht gesehen. Keiner. Der Unterschied zwischen Glauben und Wissen. Wäre toll, wenn sie da wäre. Der Unterschied zwischen Glauben und Hoffen. Soll 21 Gramm wiegen. Verdünnisiert sich im toten Zustand des Wirts. Wohin? Himmel oder Hölle? Kann man auch essen. Was nimmt sie mit? Die gesammelten Erfahrungen? Wäre toll. Ansonsten Erfahrungen sinnlos. Da könnte ich auch dem nächsten Kerl eine reinhauen. Hätte eine irdische Konsequenz. Da würde aber in zehn Jahren niemand mehr von wissen. Kein Hahn danach krähen. Die Zeit im Knast verbracht. Meine Seele auch? Was passiert mit der, wenn sie eingesperrt wird? Kann man eine Seele einsperren? Oder kann die raus? Des nachts entfleuchen? Mit meinen Träumen im Lummerland verschwinden? Und dann bepeterpant wieder zurückkehren? Oder bleibt sie direkt da, weil sie es im Knast nicht aushält? Unertragbare Zustände. Untragbare Zustände. Im Knast wird aus einem Kleinkriminellen ein richtiger Ganove. Da lernt man von den anderen, wie man es nicht machen soll. Und was man stattdessen alles aushecken kann. Da werden Pläne ausbaldowert. Dabei haben die doch auch alle eine Seele. Die gebaumelt werden will. Gestern Abend hat sie sich gemeldet. Hat frohlockt und jubiliert. Beim Sonnenuntergang. Der sich in der Nordsee tausendfach gespiegelt hat. Schöne Sache . . .

Entspannung. Muss vorher eine (An-)Spannung gegeben haben. Job. Privatleben. Hobby. Überall Ziele. Dinge, die man tun muss. Müssen. Eigentlich muss man nur sterben. Und selbst da scheint es ja noch Auswege zu geben. Mit Reinkarnation und so. To Do-Listen abarbeiten. Rituale, die eingehalten werden wollen. Täglichkeiten. Selbstauferlegte Zwänge. Ausbrechen daraus. Täglich der Kampf zwischen Chaos und Struktur. Das Chaos gewinnt, wenn man sich beim Zappen auf der Chouch wiederfindet. Chips mampfend. Aber warum auch nicht? Nach Anspannung muss es auch Entspannung geben. Tatsächlich müssen. Eine Saite bei der Gitarre muss man auch nachziehen. Tendiert ebenfalls zur Entspannung. Ist wichtig.

Fragt mal die Japaner. Die werden zu Zwangsurlaub verdonnert. Sind immer angespannt. Funktionieren. Grässliches Wort. In Verbindung mit Menschen. Kinder sollen funktionieren. Haben 1000 Termine. Sprache, Sport, Pfadfinder, Instrument, noch eine Sprache. Freunde egal, die bringen nichts. Wichtig, auf dem später hart umkämpften Arbeitsmarkt sich jetzt schon Vorteile verschaffen. Strategisch aufzustellen. Und auf jeden Fall Chinesisch lernen, das wird die kommende Wirtschaftsmacht. Was für eine Bedeutung hat dagegen die soziale Kompetenz? Soft skills? Das Spiel? Das sich in einer Gruppe behaupten können? Da kann man ja wieder einen Kurs für belegen. Angespannte Sache ...

Kalle denkt:
Ferien. Urlaub. Freizeit. Entspannung. Wegfahren. Packen. Dinge vergessen. Stau. Zeit zusammen. Streit zusammen. Noch ein Stau. Mallorca. Ballermann. Darf man jetzt nicht mehr gröhlen. Sangria aus dem Eimer. Gibt aber auch das andere Gesicht der Insel. Oder gleich eine andere Insel. Ibiza. Formentera, Fuerteventura, Sylt, Rügen, England. Strand. Sonnencreme. Rumliegen. Sandburg. Darf man auf Sylt nicht mehr bauen. Tennis mit einem Holzbrett. Sonorer Ton. Fluglotsenstreik. Keine Flüssigkeit mit an Bord nehmen. Duty free. Bahnstreik. Eis am Stiel. Pommes. All you can eat. Cocktails. All you can drink. Urlaubsbekanntschaft. Flirten. Je mehr Alkohol desto mehr Flirten. Lachen. Hoffentlich Kondom. Bräune. Erinnerungen. Festgehalten auf einer Postkarte. Endlich mal wieder Post, die nicht Rechnung ist. Oder auch Balkonien. Chillen. Grillen. Warten auf Postkarten. Dinge erledigen, die schon lange mal anstehen. Pflanzen umtopfen. Fußleisten anbringen. Steuer ordnen. Macht man sowieso nie. Freunde sehen. Draußen sein. Festivals. Biergarten. Schanigarten. Über die Hitze stöhnen. Eis in der Tüte oder Waffel oder Stanitzel schlecken. Ventilator kaufen. Mit dem Kinderpool liebäugeln. Licht aus wegen der Schnaken. Gelsen. Kühles Bier. Freibad. Wespen wegschnicken. Baggersee. Abkühlung. Urlaubsreif nach dem Urlaub. After sun. Und schon den nächsten Urlaub planen. Sommerliche Sache . . .

Kalle denkt:
Sport. Ein Millionengeschäft. Immer höher, schneller, weiter. Nettes Konzept. Sollte mal motivieren. Tut es vielleicht immer noch. Aber ist aus den Fugen geraten. Wie so vieles. Fußball-WM in Katar. Winter-Olympiade in Peking. Ablösesummen bei Fußballern so hoch wie ein Bruttoinlandsprodukt eines kleinen Landes. Marktwirtschaft. Wenn es gezahlt wird, warum es dann auch nicht zahlen lassen? Unverhältnismäßig. Der Ruf nach Gerechtigkeit. Vergleiche, die hinken. Der Verdienst eines Fußballers und der eines in der Fabrik arbeitenden Fans. Aber wir schauen hin statt weg. Wäre das anders, wären die Preise andere. Hätte hätte Fahrradkette. Modernes Gladiatorentum. Public Viewing als Event. Jubeln, als ob einen die Spieler hören könnten. Gemeinsames Erleben. Mal wieder deutsche Fahnen schwingen können. War schön 2006. Und ist immer noch schön, einen Anlass zu haben dafür. Aber wo ist die Grenze? Warum ist der eine Spieler 100 Millionen wert und der andere nur 2,5 Millionen? Beides Menschen. Laufen einem Ball hinterher. Und Geld schießt doch keine Tore. Europäische Duelle in Asien. Man denkt nur noch in Märkten. In Trikotverkäufen. Und an den Sport denkt man kaum noch. An Spieler, die keine Regenerationsphasen mehr haben. Dafür bekommen die doch das viele Geld, oder? Und für ihre Vorbildfunktion. Fürs Aushalten des Drucks. Nicht schwul sein dürfen. Kopfschüttelnde Sache . . .

Kalle denkt:
Bauernhof. Glückliche Kühe auf der Alm. Fressen aus der Hand. Und geben gerne Milch. Nebenan ein glasklarer Bach. Idylle. War einmal. Entweder ist der Hof so klein, dass man schlecht davon leben kann. Oder so groß, dass es eher ein Wirtschaftsbetrieb ist. Landwirtschaft eben. Um 1900 hat ein Hof noch die Lebensmittel für 4 Menschen erbracht. Heute ernährt ein Hof 133 Menschen. Alles wird größer. Maschinen. Flächen. Ställe. Eine Kuh als Produkt. Kein Lebewesen. Nutztier. Subventionen. Früh raus. Füttern. Stall ausmisten. Melken. Stallgeruch. Der Duft der großen weiten Welt. Fliegen. Dreck. Alles ist reglementiert. Der Stall muss dieser und jener Vorschrift entsprechen. Trotzdem improvisieren. Familienbetrieb. Und der Sohn mag es nicht übernehmen. Traditionen, die nicht fortgeführt werden. Weil es ein Knochenjob ist. Weil es sich kaum rentiert. Wenig Ertrag. Viel Verantwortung. Meist rund um die Uhr. Bereitschaft die ganze Zeit. Urlaub nur ganz selten. Mitunter ein einsames Leben. Bauer sucht Frau. Bezug zur Natur. Wissen über die Nahrungsmittel. Über Wetter. Boden. Maschinen. Zusammenhänge. Feingespür, was wann zu tun ist. Bio. Abhängig von der Börse. Also doch Wirtschaft. Modernisieren. Mit der Zeit gehen. Die dümmsten Bauern haben die dicksten Kartoffeln. Klebt der Bauer an der Mauer, war der Stier wohl richtig sauer. Und eine Schwalbe macht noch keinen Sommer. Urige Sache . . .

Kalle denkt:
Aufräumen. Innere Ordnung durch äußere Ordnung. Kann klappen. Feng Shui. Alles in einen Schrank. Tür zu. Wo ist die innere Tür? Würde die manchmal gerne schließen. Verschließen. Schlüssel wegschmeißen. Oder nur mein Unterbewusstsein weiß wo. Und dann in die Ecke meines inneren runden Raums verkriechen. Beine angezogen. Nach vorne starrend. Die Unbequemheit aushaltend. Leicht wippen. Und dann darauf warten, dass etwas passiert. Den Kopf entleeren. Gedanken loslassen. Eine Stunde oder zwei. Nicht bewerten. Wir bewerten alle viel zu viel. Ich erst recht. Film war gut. Lied ist gut. Fernsehsendung war zum Heulen. Und das ist nicht rührselig gemeint. Essen war zum Kotzen. Mitunter wörtlich gemeint. Immer die imaginären Bewertungstafeln in der Hand. Clicks. Likes. Teuer. Alles auch Bewertungssysteme. Sterne, Gabeln, was weiß ich noch alles. Können wir mal aufhören damit? Erfrischend anders das Unperfekthaus in Essen. Scheitern nicht vorprogrammiert. Aber durchaus einkalkuliert. In einer immer perfekteren Welt muss es auch den Moment des Versuchs geben. Das Ausprobieren. Try and error. Scheitern möglich. Nicht jede Idee packt es. Aber viele Ideen verdienen es, ausprobiert zu werden. Und wenn es nicht funktioniert, nicht viel verloren. Ab zur nächsten Idee. Oder an einigen Rädchen drehen und es noch einmal probieren. Zweite Chance. Hundertste Chance. Versuchenswerte Sache . . .

Kalle denkt:
Pilgern. Einen Fuß vor den anderen. Dünnbepackt. Nur das Notwendigste. Ist trotzdem noch zu viel. Immer auf der Suche nach der gelben Muschel auf blauem Hintergrund. Oder wenigstens einem gelben Pfeil. Sofern es der Weg der Jakobspilger sein soll. Der Weg ist das Ziel. Alles andere wird eher unwichtig. Abends irgendwo einkehren. Stärken. Wunden lecken. Wissen, was man geleistet hat. Spüren, dass Ruhe jetzt gut tut. Morgens wieder auf den Weg. Und auf Knopfdruck loslaufen. Als ob es nichts anderes gäbe. Blasen an den Füßen. Und andere Blessuren. Unwichtig. Eingelaufene Schuhe wären trotzdem toll gewesen. Begegnungen. Meist positive. Aber auch Unverständnis. Und manchmal fragt man sich selbst nach dem Warum. Wie viele das auch schon mal gemacht haben, erfährt man erst auf dem Weg. Wie lange, von wo nach wo, Erfahrungen? Gemeinsamkeit. Abkürzungen durch den Wald. Abkürzungen? Eine Pritsche, eine Pension, eine Ferienwohnung, ein Naturfreundehaus. In diesem Naturfreundehaus irgendwie kein Freund. Egal, für einen Abend geht es. Gedanken. Sind dann möglich, wenn der Weg klar ist. Oder man nirgendwo ankommen muss. Zeit. Mit sich unterwegs. Spartanisch. Angeregt. Fragen über Fragen. Und die Ahnung von Antworten. Und dann über die Brücke. Den Dom vor Augen. Das Ziel. Eigentlich egal. Innerlich schreit das Kind: Noch einmal! Erhabene Sache . . .

Kalle denkt:
Zoo. Klarer Fall von „Ja, aber...!". Gut für die gefährdeten Tiere. Irgendwie glaube ich zumindest. Können immerhin dort überleben. Doof, dass sie überhaupt gefährdet sind. Dass wir oder auch Zanhärzte alles abknallen und jagen, was nicht bei drei auf dem Baum ist. Und selbst das ist dann noch nicht sicher. Und dass es so weit kommen musste. Die Frage, wie groß ist das Areal für eine „artgerechte Haltung"? Wie lautet dafür die DIN-Norm, oder die europäische Norm? Und dann diese Zur-Schau-Stellung. Fütterungszeiten. Menschen glotzen Fressen. Immerhin ein Lerneffekt bei einem Kind: Als ein Eisbär einen bereits toten Hasen zerfetzt. Der Vater: „Wir essen ja auch Fleisch!". Fragezeichen beim Kind. „Na, Wurst und all das!". Irritation beim Kind. Eine Vegetarierin mehr. Stelle mir vor, dass es irgendwo einen Zoo des Universums gibt. Von jedem Planeten irgendeine Spezies. Von der Erde wir Menschen. Ein Schwarzer, ein Weißer und alle Farben dazwischen. Und wie sähe unser Gehege aus? Büro, Schlafzimmer, Wohnzimmer oder irgendwas aus dem Freizeitbereich? Was ist denn unsere natürliche Umgebung? Wären Männlein und Weiblein getrennt? Und nur zur Paarungszeit vereint, weil sie sich ansonsten nicht verstehen? Und was würde auf unserem Schild stehen? Hat Hirn, nutzt es aber nicht dauernd? Gefährdet? Aber nur durch sich selbst. Irritierende Sache . . .

Kalle denkt:

Respekt. Anerkennung. Liegt als Basis all unserem Streben zugrunde. Egal, welchen Konflikt ich habe. Es läuft darauf hinaus, dass mich irgendjemand nicht anerkennt. In irgendeiner meiner Facetten. Und das wollen wir doch. Brauchen wir. In der Schule bekommen wir dafür eine Note. Auf der Arbeit Geld. In Beziehungen Rückmeldung. Gerne positiv. Hoffentlich auch kritisch. Einstein meinte, ein Abend, an dem sich alle Anwesenden einig sind, war ein verlorener Abend. Sehe das nicht ganz so krass. Aber wenn ich meinem Freund nicht sagen kann, dass ich etwas Scheiße finde, wem dann? Muss ich das nicht geradezu, tauge ich sonst als Freund überhaupt etwas? Kritikkultur. Wird bei uns nicht hochgehalten. Alle sollen sich lieb haben. Haben sie aber gar nicht. Aber auseinandersetzen warum will auch keiner. Dabei ist auseinandersetzen ein tolles Wort. Ein toller Vorgang. Nicht hinter vorgehaltener Hand. Nicht hinter dem Rücken. Direkt. Kann unangenehm sein. Aber warum nicht? Auf Chinesisch bedeutet Krise und Chance das gleiche. Nicht ganz, haben jeweils das gleiche Zeichen im Wort. Aber Krise bezeichnet im Griechischen den Höhe- oder Wendepunkt einer gefährlichen Lage. Keine hoffnungslose Situation. Kann nur besser werden. Trotzdem scheuen wir das klärende Gespräch. Vielleicht sollten wir es mal führen, um zu merken, dass Kritik positiv wie negativ sein kann. Ausprobierenswerte Sache . . .

Kalle denkt:

Aggression. Mich regt was auf. Bin auf 180. Innerlich. Äußerlich kenne ich mich ja mit den Normen aus. Alles muss gechillt sein. Ruhig. Easy. Da darf ich das nicht zeigen. Obwohl der moderne Mann auch andere Gefühle zeigen darf. Aber ich will Wut zeigen. Will zeigen, wenn mir etwas gegen den Strich geht. Auf den Sack. Nicht, weil ich Mann bin. Weil ich Mensch bin. Frauen dürfen und sollen das auch. Ich will es aussprechen. Benennen. Dürfen. Mich auskotzen. Verbal. Das langt mir schon. Und ich mag mitunter auch mal keine bedachten Worte wählen. Immer dieses Weichkochen. Wenn ich etwas Scheiße finde, will ich auch sagen, dass ich es Scheiße finde. Weil mir was auf den Senkel geht. Und in dem Moment auch Scheiße ist. Klartext. Aber was ist mit dem Anderen? Und der Fairness? Und der Vorbildfunktion? Das kann man doch nicht machen! Aber direkt ist immer noch besser als Hintenrum. Als Mobbing. Klare Grenzen, ich weiß, woran ich beim Anderen bin. Und es heißt ja nicht, dass das immer so sein muss. Man hat ja die Chance zur Veränderung. Für die 2. Chance. Also bei mir zumindest. Und wo kämen wir ohne Aggression hin? Würden wir Ziele erreichen? Ohne Aggression kein Sport. Gewinnen wollen. Sich behaupten wollen. Auch in der Wirtschaft. Ellenbogentaktik. Fressen oder gefressen werden. Recht des Stärkeren. Und trotzdem: der Ton macht die Musik. Und ich beruhige mich jetzt wieder. Gechillte Sache . . .

Kalle denkt:
Erziehung. Bereitet einen keiner darauf vor. Für alles braucht es einen Führerschein. Oder ein Diplom. Nur fürs Zeugen, Vermehren und Erziehen nicht. Das darf jeder. Wer wollte auch überprüfen, ob jemand geeignet ist? Nach welchen Kriterien sollte man Ausschau halten? Meist geben wir die eigenen Erfahrungen weiter. Und selbst, wenn wir es nicht so machen wollen wie unsere Eltern. Irgendwann erkennen wir sie in uns. Krasse Momente. Aha-Momente. Wir können unsere Sozialisation einfach nicht verleugnen. Aber wir können andere Entscheidungen treffen. Wenn wir geschlagen wurden, müssen wir nicht unweigerlich auch Gewalt ausüben. Auch wenn die Wahrscheinlichkeit höher ist. Aber wir können ja zum Glück lernen. Uns andere Maßnahmen einfallen lassen. Und vielleicht braucht es auch gar keine Strafen. Fürsorge. Liebe. Bedingungslos. Denn wir können uns gar nicht auf alles vorbereiten. Klar, Pubertät wird krass. Heute noch einmal ein anderes Kaliber als damals. Vielleicht heftiger. Vielleicht alles früher. Aber auf jeden Fall anders. Und während wir uns darauf vorbereiten, passieren ganz andere Dinge. Nicht für möglich gehaltene Dinge. Uns aushebelnde Dinge. Schläge in die Magengrube. Unerwartet. Tausend Gedanken kreisen um ein Thema. Emotionales Kreisen. Blockiert. Schwarz sehen. Oder rot. Und die Frage „Wieso"? Was habe ich falsch gemacht? Sinnlose Frage. Denn das Kind trifft auch schon eigene Entscheidungen. Pubertierende Sache . . .

Kalle denkt:
Wahrheit. Gibt es gar nicht. Ich traue keinem Bild mehr. Was weiß ich, wer das aufgenommen hat. Und in welchem Zusammenhang. Der Gesamtkontext. Das Drumherum. Photoshop. Hintergrund reingeschnitten. Hitlergruß rein. Oder gleich alles inszeniert. Und vielleicht war es doch ganz anders. Vielleicht taugt ein Bild aber auch gar nicht für Wahrheit. Ein Bericht? Fernsehen oder Zeitung. Subjektiv gefärbt. Selbst Fakten kann man so und so sehen. Traue keiner Statistik, die du nicht selbst gefälscht hast. Kommentare aus dem Zusammenhang gerissen. Falschmeldungen bei facebook. Reißerische Klicks. Ungelesene Gegendarstellungen. Das Bild ist schon in den Köpfen. Zum Beispiel vom plündernden Flüchtling. Wer hat etwas von welcher Nachricht? Wem nützt sie, wem schadet sie? Wer gibt sie raus? Man müsste alles selbst recherchieren. Wem kann man noch trauen? Jedem seine eigene Wahrheit. Zusammengeschustert aus dem, was uns Medien, Gespräche und Begegnungen bieten. Welche Glaubenssätze ich daraus formuliere. Welche eigene Religion ich mir bastele. 7 Milliarden Wahrheiten auf der Welt. 80 Millionen Bundestrainer. Fünf Weltreligionen. Und alle wollen recht haben. Und missionieren. Anstatt zuzuhören. Einer anderen Wahrheit. Wäre toll, wenn wir alle an einer gemeinsamen Wahrheit basteln würden. Würde die Unterschiede reduzieren. Und zeigen, was uns allen gemein ist. Ist vielleicht mehr als wir glauben. Gemeinsame Sache . . .

Kalle denkt:
Gottesdienst. Pflichtveranstaltung. Zumindest an Weihnachten. Adrett aussehen. Dresscode. Knien. Stehen. Beten. Wann was und warum? Gemeinsames Singen. Gemeinsames Murmeln. Im Gotteshaus. Das uns in seiner Größe und Ausschmückung Ehrfurcht einflößen soll. Ist Gott nicht überall? Und warum ist der eigentlich lieb? Mein Gott, Dein Gott. Meine Religion. Nächstenliebe. Hört die bei Flüchtlingen auf? Oder bei der alten Frau zwei Wohnungen über mir? Warum gebe ich nicht jedem Bettler etwas in seinen Becher. Denkt jeder an sich selbst, ist an alle gedacht. Jeder ist sich selbst der nächste. Alles Sprüche. Aber auf das Tun kommt es an. Und um Altruismus geht es gar nicht. Der existiert nicht. Denn auch wenn eine Handlung nicht von unmittelbaren Nutzen erscheint – auf lange Sicht gesehen ist der Vorteil doch größer als die Mühen. Oder zumindest das Gefühl. Aber wer entscheidet das? Und ist es nicht schlichtweg gut und wichtig, dass überhaupt etwas getan wird? Als Signalwirkung? Und völlig Wurscht mit welcher Intention? Wenn niemand was tut, bleibt alles so, wie es ist. Was natürlich toll ist, wenn es allen gut geht. Ein Pokerspieler mit 4 Assen auf der Hand verlangt nicht, dass neu gegeben wird. Aber alle anderen haben eben keine 4 Asse. Vielleicht spielt man die Pokerpartie zu Ende, freut sich und denkt dann an die anderen. Und macht was Entsprechendes mit dem Gewinn. Soziale Sache . . .

Kalle denkt:
Zugehörigkeit. Da ist jemand. Dauernd. Den man auch um sich herum haben möchte. Nicht Familie. Oder zumindest noch nicht. Mit Lachen. Weinen. In die Augen schauen. Sex. Vertrauen. Alltag. Und all dem. Riechen können. Festhalten. Gefühl konservieren. Glück. Zufriedenheit. Nur Momente. Ehe als Versuch, das vertraglich abzusichern. Funktioniert nur bedingt. Was sind wir bereit, für die Zugehörigkeit zu investieren? Was geben wir von uns für jemand anderen auf? Wie sehr können wir uns auf andere überhaupt einlassen? Dauerhaft. Oder ist genau dieses Dauerhafte nicht unser Ding? Kinder zeugen, Kinder aufziehen, bis sie es selbst können und dann weiterziehen. Funktioniert im Tierreich doch auch. Emotionale Bindung. Ist wichtig. Neben der Lebenserhaltung. Wir wollen fühlen. Und gefühlt werden. Suchen. Irgendwann fündig. Was will ich? Was will der/die Andere? Wo ist die Schnittmenge? Und habe ich da Bock drauf? Gibt es den passenden Deckel zu meinem Topf? Oder ist das alles nur romantische Phantasterei? Nun, es soll es geben. Hier und da. Aber hier und da ist es bestimmt auch nicht immer einfach. Gibt es auch Streit. Auseinandersetzung. Weil genau das eben dazu gehört. Zur Entwicklung. Der eigenen. Der gemeinsamen. Stattdessen wegwerfen. Weiter suchen. Bis man beim Nächsten wieder an den gleichen Punkt gelangt. Und eine andere Entscheidung trifft? Spannende Sache . . .

Kalle denkt:
Spät. Aber nicht zu spät. Pünktlichkeit. Deutsche Tugend. Akademisches Viertel. Fünf vor Zwölf. An Bord um 11.00 Uhr einen Sherry. Und am 11.11. um 11.11 Uhr beginnt die 5. Jahreszeit. Da kann man 5 schon mal gerade sein lassen. Zeit ist nur ein Konstrukt. Nicht unbedingt willkürlich eingeteilt, aber irgendwie halt auch nicht wirklich korrekt. Was ja auch angeblich eine deutsche Tugend wäre. Und korrigiert wird das alle 4 Jahre am 29. Februar. So wie jede 4 Jahre die Olympischen Spiele stattfinden. Die Fußball-WM. Fußball-EM. Die 4 Jahreszeiten. Die gibt es allerdings jedes Jahr. Aber gefühlt irgendwie auch nicht mehr so wie früher. So ohne Übergang. Herbstmode kommt damit aus der Mode. Depeche Mode. Manchmal machen mir die Assoziationen Angst. Zu viel Willkür. Beim Schreiben das Hirn arbeiten sehen. Das Ergebnis auf dem Papier. Auf dem Bildschirm. Andererseits sind die Gedanken frei. Dürfen umherschwirren. Sich mit anderen Gedanken treffen. Paaren. Verbünden. Ineinander aufgehen. Neue Gedanken gebären. Und wieder Vereinen. Vereine kommen auch aus der Mode. Ganztagsschule. Weil die Eltern alle arbeiten gehen. Weil ein Job nicht mehr langt. Amerikanische Verhältnisse. Amerikanischer Traum. Wenn dieser Trump Präsident wird, ist der wohl ausgeträumt. Keinen Trump mehr im Ärmel. Ja, und manchmal tun die Assoziationen auch weh! Dann sollte man aufhören. Bevor es zu spät ist. Vernünftige Sache . . .

Kalle denkt:
Reden. Miteinander. Statt übereinander. Polemik. Bilder. Vergleiche. Bringt uns alles nicht weiter. Die gleiche Sprache wäre toll. Meinetwegen Deutsch. Farsi wäre auch okay. Kann ich halt nicht. Zuhören. Wirklich zuhören. Mal das eigene Weltbild beiseite räumen. Alle. Nicht nur die. Gibt keine Guten. Keine Schlechten. Irgendwann gibt es nur noch Verlierer. Wenn jemand das Volk ist, dann alle zusammen. Da ist aber kein zusammen. Viel gegeneinander. Demo. Gegendemo. Steine fliegen. Wörter fliegen. Beides verletzt. Hinterlässt Wunden. Hass. Bedürfnisse. Angst. Nicht zu den Verlierern gehören wollen. Ist uns allen gemein. Will keiner. Unterschiedliche Definitionen von Verlieren. Weil unterschiedliche Erfahrungen. Oder vielleicht noch gar keine Erfahrungen. Dafür viele Ideen. Schubladen. Vorurteile. Bilder. Im Kopf. Vom Anderen. Und wie der so ist. Wie die so sind. Woher kommen diese Bilder? Wie kann man diese ändern? Ergänzen. Differenzieren. Umdeuten. Verwerfen. Verwandeln. Bestimmt auch mal bestätigen. Begegnungen schaffen. Merken, dass das auch Menschen sind. Mit Bedürfnissen. Essen, trinken, atmen, Liebe, Nähe, Zuneigung, Sicherheit. Mit Ängsten. Vor der Zukunft, vor Armut, Arbeitslosigkeit, abgehängt werden, nicht dazu gehören, nicht verstanden werden. Mit Erfahrungen. Guten, schlechten, hilfreichen und solchen, die man am liebsten wieder vergessen würde. Menschen eben. Hüben wie drüben. Egal, von welcher Perspektive aus man das betrachtet. Verständnisvolle Sache . . .

Kalle denkt:
Chaos. Ordnung. Antipole. Und gleichzeitig kann das eine nicht ohne das andere. Wie wäre ein komplett strukturierter Tag? 7.00 Uhr Aufstehen, 7.02 Uhr Klo, 7.03 Uhr Kaffeemaschine einstellen, 7.04 Uhr Fenster auf? Und so weiter. Und beim Chaos: erst gar nicht aufstehen!? Irgendwo dazwischen liegt die Wahrheit. Die Balance. Yin und Yang. Und der schmale Grat. Die Ausnahme bestätigt die Regel. Dafür muss es aber eine Regel geben. Regelmäßigkeit. Struktur. Ist hilfreich. Kann ich mich drauf verlassen. Gibt mir Orientierung. Sicherheit. Kann aber auch einengen. Mir Luft rauben. Kreativität unterdrücken. Deshalb immer mal wieder ausbrechen. Sich von Außen betrachten. Prüfen. Reflektieren. Was mache ich da eigentlich? Ist das cool oder geht es auch cooler? Ist cool überhaupt eine akzeptable Kategorie? Und was ist eigentlich dieser Trott? Nur eine andere Formulierung für eine eingeschlafene Struktur. Die täglich wiederholt bis zum Lebensende weiterlaufen könnte. Schreckliche Vorstellung. Den Trott aus dem Tritt bringen. Mich mal selbst überraschen. Und andere erst. Mal nicht man selbst sein und dadurch vielleicht zu sich selbst finden. Arbeiten um zu leben und nicht leben, um zu arbeiten. Klingt einfach. Deshalb auch mit kleinen, einfachen Dingen beginnen. Auto stehen lassen und Fahrrad fahren. Oder laufen. Treppe nehmen anstatt den Aufzug. Anrufen anstatt eine SMS hinterlassen. Und so Stück für Stück dem Trott Eingefahrenheit abtrotzen. Chaotische Sache . . .

Kalle denkt:

Mittun. Mitgefühl gibt es derzeit reichlich. Mit all jenen, die in Paris umgekommen sind. Mit all ihren Angehörigen. Mit denen, die jeden Tag umkommen und nicht in der Zeitung stehen. Egal, ob durch Alter, Krankheit, Terror oder sonstwie. Mitgefühl denjenigen, denen es nicht gut geht. Egal, ob Armut, Krankheit, Schicksalsschlag, Depression oder sonstwie. Denjenigen, die im Krieg leben. Diskriminiert werden. Geschlagen werden. Unterdrückt werden. Hunger leiden. Krank sind. Und all deren Angehörigen auch. Mitgefühl den Flüchtenden. Und die Wutbürger hätten auch gerne Mitgefühl. Wird stark beansprucht, dieses Mitgefühl. Weiß gar nicht, an wen es sich zuerst wenden soll. Am besten überall gleichzeitig. Und um das Mitgefühl zu entlasten, könnten wir Mittun erschaffen. Und etablieren. Egal, ob ein Like. Oder eine Flagge über ein Photo drübergelegt. Ist alles ein Anfang. Mittun muss erst einmal Zugang zum Kopf finden. Sich dort einnisten. Das Gefühl unterstützen. Aber langsam, Schritt für Schritt, ablösen. Das Gefühl in ein Tun transponieren. Im Kleinen anfangen. Mal nach dem Nachbarn schauen. Die Oma mal wieder anrufen. Baby-Steps. Sich informieren. Was ist der Unterschied zwischen Islam und Islamismus? Sprache sensibilisieren. Überschriften auseinandernehmen. Nicht alles glauben. Auch zwischen den Zeilen lesen. Die Wut beiseite schieben. Die Ängste auch. Und was dafür tun, dass „Einigkeit und Recht und Freiheit" oder auch „Freiheit, Gleichheit, Brüderlichkeit" weiterhin oder endlich gelebt werden. Anpackende Sache . . .

Kalle denkt:
Jugendsprache. Letztens im Bus. Vor mir. Zwei Exemplare dieser Jugend. Unterhalten sich. Ich denke nur Hä? Verstehe nur die Hälfte. Fast schon Fremdsprache. Hoffentlich nur untereinander. Oder hockt da ein Dolmetscher mit beim Abendessen? In jeder Familie einer. ABM. Aber kreative Sprache. Und lustig. Jugendwort des Jahres übrigens „Smombie". Mensch, der wie gebannt auf sein Handy starrt. Während er über die Straße geht. Und nicht guckt, wo er hin geht. Hat wahrscheinlich eine eingebaute App. Die zeigt ihm Hindernisse an. Macht dann Bing. Und bei intelligenten Smartphones wird noch ein Ausweichplan geschmiedet. Praktisch. Und wenn man rechts und links verwechselt ein direkter Draht zur Rettung. Ambulanz. „Alpha Kevin" wurde übrigens disqualifiziert. Zu diskriminierend. Heißt der Dümmste von allen. Arme Kevins. Aber auch Chantals oder Jacquelines haben einen schweren Stand. Der Name als wandelndes Vorurteil. „Merkeln" hat es immerhin noch auf das Treppchen geschafft. Heißt Nichtstun. Keine Entscheidung treffen. Keine Äußerungen von sich geben. War Ende Juli noch Favorit auf den Titel. Was ist seitdem passiert? Weitere schöne Wörter: „Earthporn". Bedeutet schöne Landschaft. Oder „rumoxidieren". Meint chillen. Und politisch sind sie auch. „Krimmen" steht für jemandem etwas wegnehmen, was man ihm vorher geschenkt hat. Und bezieht sich auf die Krim-Krise. Einfallsreiche Sache . . .

Kalle denkt:
Freundschaft. BFF. In guten wie in schlechten Zeiten. Ach nee, das war Hochzeit. Passt aber auch. Egal, wie oft Kontakt. Qualität statt Quantität. Anknüpfen können dort, wo man beim letzen Mal aufgehört hat. Inhaltlich, nicht örtlich. Tiefe Gespräche wie auch Lachen. Miteinander trinken, zechen, auf den neuesten Stand bringen, austauschen, urlauben, feiern, sich helfen, beraten, unterstützen und noch vieles mehr. Ungefragt. Selbstverständlich. Und auch kritisieren. Wenn einem was auffällt. Wenn einem ein Freund nichts sagen kann, wer denn dann? Soll ich etwas sagen, wenn ich Dinge beobachte, die ich strange finde? Oder muss ich nicht sogar? Verpflichtet nicht die Nähe und Intimität dazu, auf Dinge aufmerksam zu machen? Machen zu müssen? Wenn man aufgrund der Freundschaft einen näheren Einblick genießt, ist das dann ausnutzen dieser Intimität, wenn man es kommentiert? Natürlich kommt es auf den Ton an. Immer. Der macht schließlich die Musik. Aber soll man einen Freund wissentlich ins Verderben rennen lassen? Geradewegs auf den Abgrund zu? Was wäre ich für ein Freund! Gesagt, getan. Also was gesagt. Eigentlich auch nicht viel über diese Entscheidung nachgedacht. Um dann kein Freund mehr zu sein. Zu weit aus dem Fenster gelehnt. Message nicht angekommen. Als Einmischen interpretiert. Wie würde ich das beim nächsten Mal machen? Genau wieder so! Sichere Sache ...

Kalle denkt:
Adventssonntag. Draußen kalt. Innen gemütlich. Kerzen brennen. Plätzchen oder Kekse werden gebacken. Der Raum vom Ofen erhitzt. Zucker und Gewürze schweben durch die Luft. Vermischen sich mit dem Tannenduft vom Kranz. Naschen am Teig. Die Welt ist auf einmal klein. Wenn man Radio, Fernsehen und Computer auslässt. Die Cassette mit Weihnachtsliedern an. Die Kinder sind fasziniert von einer Cassette. Ziehen staunend das Band heraus. Man wickelt es mit Bleistift wieder auf. Ohne Aufregen. Weil ist Adventssonntag. Besinnliche Zeit. Sagt man. Familienzeit. Und kein Stress mit Geschenke kaufen. Das war gestern. Adventssamstag. Der Einzelhandel lässt sich was einfallen. Straßen werden gesperrt. Busse werden umgeleitet. Überall werden Gutscheine angepriesen. Der Einzelhandel freut sich auf das Weihnachtsgeschäft. Kurbelt die Wirtschaft an. Kinderbetreuung. Beleuchtung überall. Punsch oder Glühwein. Angetrunken kauft man anders. Bestimmt auch mehr. Und noch auf einen Sprung zum Weihnachtsmarkt. „Jingle Bells" aus dem Lautsprecher. Hauptsache nicht „Last christmas". Wobei es schon irgendwie dazu gehört. Früher gehörte auch Schnee dazu. Hartlauer wettet darauf. Noch so eine Verkaufsstrategie. In Paris redet man darüber, wie der Schnee wieder kommen könnte. Mist, Assoziationen bleiben einfach nicht klein. Wäre cool, wenn die dort zu einem produktiven Ergebnis kommen würden. Das auch umgesetzt werden würde. Dann würde ich mir mein Profilbild auf facebook auch mit der französischen Flagge gestalten. Klimatische Sache . . .

Kalle denkt:
Knäckebrot. Mal was ganz anderes. Krieg ist sowieso durch. Also im Parlament. Deutsche Soldaten in einem laufenden Kampfeinsatz. Beschlossene Sache. Tornados suchen Ziele für französische Bomben aus. Solidarität gegenüber Frankreich. Nach Paris. Für Europa. Gegen IS. Was will man erreichen? IS zurückdrängen? Aber wohin? Man kämpft seit 14 Jahren gegen den Terror. Und hat dadurch nur immer neuen Terror produziert. Viele verdienen daran. Viele verlieren ihr Leben dabei. Macht nicht wirklich Sinn. So jedenfalls nicht. Mit Waffen tötet man Terroristen. Mit Bildung tötet man Terrorismus. Nicht von mir, von Malala. Kluges Mädchen. Furchtlos. 99 Kriegsminister, Streichholz und Benzinkanister. Auch nicht von mir. Von Nena. Wieso eigentlich Kriegsminister? Mittlerweile heißt das doch Verteidigungsminister. Wieso nicht Friedensminister? Der dürfte auch Flugzeuge haben. Die fliegen hin und schmeißen Bücher über den feindlichen Stellungen ab. Natürlich in der übersetzten Version. Aufklärer. Voltaire, Klopstock oder Lessing. Da bekommen Aufklärungsflüge eine ganz andere Bedeutung. Und die Fallschirmspringer werden in Philosophie und Kommunikation ausgebildet. Müssen die Sprache lernen. Gefechte finden dann mit Worten statt. Panzer fahren umher und schießen mit Zitaten um sich. Tretminen posaunen entsprechende Text-Passagen aus. Und die Gewehrkugeln sind zusammengeknüllte Sprüche. Und das Knäckebrot? Knusprige Sache . . .

Kalle denkt

Warten. Ich hasse warten. Den Sekundenzeiger verfolgen. Wenn er immer langsamer wird. Stillzustehen scheint. Beim Kickern oder Wuzeln geht das Spiel immer 10:9 oder 6:5 aus. Wenn man wartet. Das Wartezimmer als moderne Folterkammer. Wobei wir ja ein Mittel zur Wartezeitreduzierung gefunden haben: Das Smartphone. Immerwährende Erreichbarkeit. Permanente Aktualität. Dann muss halt auch immer etwas Neues passieren. Oder das, was passiert, entsprechend angepriesen werden. Die Daumenaktivität hat in den letzten 10 Jahren um 30 % zugenommen. Ein Gerät für alles. Nur Kaffee kochen kann es noch nicht. Eric Pickersgill hat Photos von Alltagssituationen geschossen. Und nachträglich die Handys rausretuschiert. Bedrückende Bilder mitunter. Mehr Kommunikation mit jemand woanders als mit der Nebenfrau. Also ist man nur am falschen Ort. Aber sich darüber aufregen, dass ein Flüchtling ein Smartphone hat. Was würdest Du denn mitnehmen, wenn Du auf der Flucht wärst? Doch sicherlich etwas, dass Dich mit den Menschen kommunizieren lässt, die man zurücklassen musste oder verloren hat. Man hat seine Musik drauf. Und ein Spielchen zwischendurch zum Entspannen kann einem auch niemand verwehren. Und Photos. Photos kann man damit machen. Muss man aber nicht. Jedenfalls nicht jedes Essen. Oder von Katzen. Oder von sich selbst. Und Warten muss man irgendwie doch noch. Nämlich sehnsüchtig auf das neueste IPhone. Tickende Sache . . .

Kalle denkt:
Weihnachten. Früher Weiß. Heute Frühling. Es gibt einen Zusammenhang zwischen Außentemperatur und Geschmack des Punsches. Aber Gott sei Dank ist die Wirkung gleich. Gott. Da sind wir doch beim Stichwort. Geburtstag. Von Gottes Sohn. Und wir alle kaufen die Geschenke dafür. Fühlen uns königlich dabei. Nicht Gold, Weihrauch und Mhyrre, sondern Kindle, PlayStation und Smartphone. Besser als kratzende Pullover. Durch Coca-Cola haben wir alle ein einheitliches Bild vom Weihnachtsmann. Werbung wirkt doch. Dieser dickbäuchige und rundgesichtige Mensch war übrigens ein Pensionist des Limonadenherstellers. Der Besuch des Gottesdienstes versöhnt uns einigermaßen mit der Kirche. Zumindest hoffen wir das umgekehrt. Dem bevorstehenden Abend mit der Familie sehen wir mit gemischten Gefühlen entgegen. Harmonie stellt sich nicht automatisch ein, nur weil man auf einmal gemeinsame Zeit hat. Der Geruch von Anis, Muskat und Nelken liegt in der Luft. Die Lichterketten verleihen dem Tannenbaum Festlichkeit. Schwelgen in Kindheitserinnerungen. Wenn man auf dem Zimmer warten musste. Bis es klingelte. Und der Nikolo oder das Christkind oder doch Mama und Papa die Geschenke gebracht haben. Die besondere Spannung. Die Rituale. Das gemeinsame Singen. Dass man mitmachte, weil man genau wusste, dass es irgendwann danach die Geschenke gibt. Egal, wie falsch man sang. Und dann das glänzende Papier. Die glänzenden Augen. Und alles sofort ausprobieren und aufbauen. Festliche Sache . . .

Kalle denkt:
2015. Ende des Jahres. Rückblick. Was bleibt von so einem Jahr? Der neue Star Wars? Aber warum in ferne Galaxien schweifen? Der Terror rückt näher. Und man wundert sich, warum der auf einmal in Paris ist. Der Zusammenhang zwischen Kriegseinsatz und Terror. Wann kommt der Zusammenhang zwischen Waffenverkäufen und Terror? Wann gehen Sprengsätze in Berlin hoch? Vielleicht jetzt, da Deutschland im Krieg ist? Terror in Nigeria interessiert hingegen niemand. Ist halt weit weg. Griechenland ist eigentlich schon vergessen. Und die Ergebnisse der Klimakonferenz müssen sich erst noch beweisen. Bayern wieder Meister. Langweilig. Leute sind gestorben: Helmut Schmidt. Harry Rowohlt. Wes Craven. Winnetou und Mr. Spock. Und Flüchtlinge kommen. Immer noch. Immer mehr. Angst überall. Und bei allen. Aber irgendwie bleiben Vergewaltigungen, Raub und Schändungen aus. Werden nur von Pegida und AfD beschrien. Dafür aber brennende Wohnheime. Lügenpresse. Im Mai bauen wir Brücken in Österreich. ESC. Und ein paar Wochen später baut man dort wieder einen Zaun. Und das im Jubiläumsjahr zum Mauerfall. Ein Flugzeug wird abgeschossen. Muskelspiele bei Erdogan und Putin. IS. Türkei fliegt Angriffe. Aber auch auf PKK. FIFA. VW. Skandale. Mindestlohn von 8,50 €. Auch ein Skandal? Erdbeben in Nepal. Amokfahrt in Graz. Habicht ist Vogel des Jahres. Wahlen in Bremen, Hamburg, Köln und der Türkei. Attentat auf Henriette Reker. Sie wird trotzdem gewählt. Schnelllebige Sache . . .

Kalle denkt:

2016. Silvester. Neues Jahr. Feuerwerk. Brot statt Böller macht keinen Sinn. Hat keinen Effekt, wenn man Brot anzündet und hochschmeißt. Rückblick. Ausblick. Vorsätze. Alles irgendwie noch jungfräulich. Abnehmen. Aufhören zu rauchen. Mehr Sport. Weniger Stress. So als ob eine neue Jahreszahl einen Menschen verändern würde. Auf Knopfdruck. Den Hebel umstellen. Dabei ist man doch immer noch der alte. Mit den gleichen liebenswerten Fehlern. Aber wir streben nach mehr. Weil man uns vorgaukelt, dass wir so und so zu sein hätten. Gesund. Fit. Leistungsstark. Damit wir lange leben. Weiß gar nicht, ob ein langes Leben überhaupt anstrebbar ist. Auch Nichtraucher bekommen Lungenkrebs. Ist man nie vor gefeit. Genuss vielleicht als Ziel. So als ob jeden Tag der letzte wäre. Aber zu viel Genuss führt in die gegenteilige Richtung. Vor allem, wenn man lang leben möchte. Wie man es macht, ist es verkehrt. Geht wie bei allem um die Balance. Die Dosis. Um das Bewusstsein, was ich tue. Nur Genuss ist meist genauso „falsch" wie nur Askese. Aber ist wie immer individuell. Und trotzdem sind Vorsätze gar nicht so dumm. Mal netter sein. Zu Nachbarn. Flüchtlingen. Der Oma. Den Kollegen. Ein bisschen um andere kümmern, nicht nur im sich. Und mit kleinen Schritten anfangen. Realistische Teilziele anstelle von utopischen Großzielen. Sich dafür belohnen. Und nicht alles so eng sehen, wenn es nicht gleich klappt. Realistische Sache . . .

Kalle denkt:
Filme. Mehrteiler. Merchandising. Geld machen. Geschichten erzählen. Geht das nicht auch kürzer? Ist doch eh Gut gegen Böse. Gut gewinnt. Meist unter zahlreichen Verlusten. Egal ob Elben oder Luke Skywalker. Der Ausgang ist klar. James Bond wird siegen. Und wenn er das nicht tut, darf er keinen neuen Film drehen. Dann kommt eben ein neuer James Bond. So wie jemand Neues kommt, wenn ich jemanden zerbombe. Herrhausen oder andere. Es kommen Neue. Auch bei Assad wird jemand Neues kommen. Irgendwie habe ich den Eindruck, dass gerade auch wieder neue kleine Hitlers kommen. Zumindest verbal. Verseuchen das Internet. Das Buch darf jetzt auch wieder publiziert werden. Haben viele Bedenken dabei. So als ob ein Buch böse wäre. Und andere anstiften würde. Hätten in der Zwischenzeit lieber mal was dafür tun sollen, dass sowas wie dieser Inhalt keinen fruchtbaren Boden mehr hat. Aus der Geschichte lernen. Das wär mal ein Ziel gewesen. Stattdessen wird wieder dämonisiert. Angst gemacht. Und so etwas wie dieses Buch bekommt dadurch viel mehr Aufmerksamkeit, als es verdient hat. Köln macht auch Angst. Scheibchenweise kommen Dinge ans Licht. Vergleiche mit dem Oktoberfest. Karneval. Immer ist Alkohol mit im Spiel. Und Männer. Die ein eigenartiges Frauenbild haben. Frauenwild. Wir könnten an den Bildern mal arbeiten. Mehr Heldinnen im Film. Denn im reellen Leben gewinnt nicht immer das Gute. Unfaire Sache . . .

Kalle denkt:

Medien. Glaubwürdigkeit. Lügenpresse. Was soll man glauben? Was ist denn noch wirklich gut recherchiert? Kabarettsendungen, die informieren. Zusammenhänge darlegen. Verständlich. Sarkastisch. Wobei sich die Komik daraus ergibt, dass das alles wahr ist. Zu grotesk, um wahr zu sein. Systeme verselbständigen sich. Politik spricht nicht mehr die Sprache des Volkes. Immer die gleichen Floskeln. Diplomatie als eigene Sprache. Die man nicht mehr versteht. Lobbyisten flüstern die richtigen Entscheidungen zu. Deren richtige Entscheidungen. Und vermeintliche Klartextredner werden gepriesen. Sagen aber eigentlich nicht wirklich etwas. Außer, dass sie gegen etwas sind. Gegen etwas zu sein ist leicht. Einfache Abgrenzung. Einfache Kategorien. Schwarz-weiß. Was ist mit grau? Oder gar bunt? Da müsste man aber was machen. Mehr als nur „dagegen" blöken. Lösungen präsentieren. Machen sie nicht. Haben sie nicht. Wäre nämlich konstruktiv. Würde Arbeit dahinter stecken. Interessen hören und abwägen. Da sind wir wieder bei Lobbyismus. Auseinandersetzung. Kommunikation. Da sind wir wieder bei Sprache. Ist immer die Frage, für wen das die Lösung ist. Meist für irgendeinen Geldbeutel. Meist nicht für meinen. Aber man will ja nichts unterstellen. Wir haben hier ja keine griechischen Verhältnisse. Auch eine Unterstellung. Wie geht's denen eigentlich? Da wird kaum noch was drüber berichtet. Unaktuelle Sache . . .

Kalle denkt:

Grenzen. Nicht Schengen und auch mal nicht Flüchtlinge. Persönliche. Was es da alles so für Grenzen gibt. Belastung. Toleranz. Geschmack. Armut. Alter. Kredit. Schmerz. Promille. Und was passiert bei Grenzüberschreitungen? Müssen wir das nicht tun, um zu wissen, wo die Grenze verläuft? Wir schrauben sie immer weiter nach oben. Belastungsgrenze bei Arbeitenden. Überstunden statt Neuanstellungen. Burn-Out, Depression und Stress als Folge. Nicht langfristig gedacht. Schlampig mit Humankapital umgegangen. Oder im Sport. Marathon ist schon anstrengend. Aber immerhin historisch begründet. Im Gegensatz zu 100 km- oder Extremläufen. Oder rauf zur Zugspitze. Oder 300 km über die Alpen. Na gut, das hat Hannibal auch geschafft. Sogar mit Elefanten. Jedem sein eigenes Olympia. Höher. Weiter. Schneller. Rekorde. Doping als logische Konsequenz. Und die Wirtschaft übernimmt das. Wachstum. Gibt kein immerwährendes Wachstum. Irgendwann ist Schluss. Auch mit Ressourcen. Dann ziehen wir eben weiter zum nächsten Planeten. So entstanden einst Völkerwanderungen. Und Agent Smith hat das auch schon festgestellt. Der Mensch als Virus. Als Egoismus-Virus. Der alles sofort haben will. Egal auf wessen Kosten. Wohlstand. Der ist für jeden möglich. Aber eben nicht für alle. Da ist der Haken. Und natürlich bedeutet Grenzverschiebung auch Entwicklung. Was aber nicht heißt, dass die Welt nicht auch mal durchschnaufen könnte. Einen Tag oder so. Demütige Sache . . .

Kalle denkt:

Körpersprache. Nonverbale Kommunikation. Viel wichtiger als das, was wir sagen. Nur mit verdammt viel Training zu beeinflussen. In Stress-Situationen gar nicht zu kontrollieren. Ist zu 55 % für den Gesamteindruck einer Person verantwortlich. Die Worte nur zu 7 %. Sollte einem zu denken geben. Bewusste Signale. Pokerface. Flirten. Kopfschütteln und Nicken. Aber aufgepasst in Bulgarien, da ist es umgekehrt. Unbewusste Signale. Angst. Langeweile. Betroffenheit. Kann man einen Menschen lesen? Mal ausprobieren. In der U-Bahn. Im Wartezimmer. Im Aufzug. Wenn die Leute im Aufzug mit dem Rücken zur Tür stehen, machst Du das auch. Sehr wahrscheinlich. Wenn ich auf der Straße ein Gebäude hochschaue und bestürzt tue, schauen alle anderen auch. Was macht der, wie gibt sich die? Und was mache ich? Wenn ich durch eine Fußgängerzone gehe. Mit erhobenem Kopf. Und Brust raus. Angemessen schnell. Dann weichen mir die Leute aus. Sofern sie mich sehen. Ganz andere Wirkung. Opfer gehen anders. Schlurfen durch die Welt. Und sind eindeutig als Opfer erkennbar. Täter suchen Opfer. Täter wollen meist keine Herausforderung, keine Gleichstarken. Wollen gewinnen. Also Opfer. Könnte man sich zu Nutze machen. Samstag Abend auf dem Heimweg. Brust raus, Kinn hoch, schreiten. Und hoffen, dass man nicht an durch Drogen enthemmte Gruppen gerät. Sicherere Sache . . .

Kalle denkt:
Fassenacht. Fasching. Karneval. Helau. Alaaf. Wolle mer se roilosse? Fernsehsitzung. Stehung gibt es auch. Funkemariechen. Männerballett. Kreppel/Berliner/Krapfen. Konfetti. Kamelle. Uff de Gass un im Saal. In der Kneipe. Büttenrede. Tätä, tätä, tätä. Humba humba humba täterä. Luftschlangen. Kostüme. Masken. Verkleidung. Alkohol. Nicht zu vergessen Alkohol. Frohsinn. Umzug. Am Rosenmontag bin ich geboren. Altweiber. Alemannisch. Neuerdings Schutzräume für Frauen. Hätten wir vielleicht schon immer gebraucht? Dass wir Männer aber auch nicht an uns halten können. Nur mit dem Schwanz denken. Immerhin denken wir. Köln. Mainz. Düsseldorf. Motivwagen. Muss immer jemand mitlaufen, damit nicht jemand drunter gerät. Aus Fehlern lernt man. In der Fasenacht recht schnell. Guggemusik. Schunkeln. Wer was auf sich hält ist dabei. Muss fast dabei sein. Status. Die CDU verschickt sogar Pressemitteilungen, welcher Art verkleidet ihre PolitikerInnen unterwegs sind. Tradition. Einfluss. In der Fassenacht ist alles möglich. Vieles. Verkleidet sehen manche Menschen aber auch anders aus. Besser. Und das böse Erwachen kommt dann am nächsten Morgen. Kampagne. 11.11. um 11.11 Uhr. Rathauserstürmung. Krawatten abschneiden. Närrinnen und Narralesen. Wieso nicht Narren? So trinken, dass man das alles erträgt, aber sich nicht abschießt. Und am Aschermittwoch ist alles vorbei. Lustisch Sach . . .

Kalle denkt:

Überblick. Den großen. Hab ihn verloren. Alles zu komplex geworden. Aber ich weigere mich, einfache Schwarz-Weiß-Argumente zu akzeptieren. Oder zu verwenden. Weiß auch nicht, wieso das für mich alles eher einfach ist. Wenn ich in meiner Wohnung nicht mehr sicher wäre. Wenn alles zerbombt wäre. Wenn ich Angst hätte, willkürlich erschossen zu werden. Dann würde ich mich auch aufmachen. In andere Länder. Übersetzen. Andere Gefahren auf mich nehmen. Und ich hätte ein Handy dabei. Irgendwie muss ich doch in Kontakt bleiben. Mit meiner Familie. Mit den Schleppern. Erscheint mir logisch. Wenn ein Volksvertreter etwas für das Volk entscheiden soll. Dann muss er alle Informationen einsehen können. Dann muss er sich mit den Fachleuten beraten. Die ihn auch sonst beraten. Denn er kann kein Experte für alles sein. Und wenn dafür ein extra Leseraum eingerichtet wird. Mit Bewachung. Ohne Photos. Ohne Internet. Dann kann ich mich über TTIP nicht ausreichend informieren. Wer kommt denn auf solch eine Idee? Irgendwie geht es doch immer nur ums Geld. Und um Angst. Im schlimmsten Fall um die Angst, kein Geld zu haben. Obwohl die durchaus berechtigt ist. Bei der Schere zwischen arm und reich. Bankenrettung. In Island ging es auch ohne. Und wer ist gut und wer böse? Ist Putin böse, wenn er seine Atomwaffen modernisiert? Und ist Amerika gut, wenn sie das gleiche machen? Darf man Putin überhaupt gut finden? Sehe die Antwort vor lauter Fragen nicht mehr. Grübelnde Sache . . .

Kalle denkt:
Ruhe. Einfach mal die Fresse halten. Anstatt gleich was in die Tasten zu hauen. Nachdenken. Vorformulieren. Vielleicht mal jemand fragen. Ob man das so schreiben kann. Wobei, können ist die eine Sache. Sollen etwas anderes. Oder müssen. Muss ich etwas kommentieren? Muss ich einen Post setzen? Oder kann ich nicht einfach mal darüber nachdenken. Vorher. Einfach. Sagen viele ständig. Ist meistens gar nicht einfach. Mathe ist nicht einfach. Und es ist ziemlich schwer, mal nicht jedem Impuls zu folgen. Mal Geduld walten zu lassen. Den Verstand einzuschalten. Wenn ein Artikel in der „Zeit" Schrott ist. Mal darüber nachdenken, warum der Schrott ist. Und was der Autor bezwecken wollte. Vielleicht ja auch gar nichts. Es gibt manchmal auch Schrott-Artikel. Deshalb nicht gleich das Abo kündigen. Ist genauso kindisch. Dann steht es 1:1 im Kindisch-Sein. Kritik. Kann positiv wie negativ sein. Positiv passiert wesentlich seltener. Negativ hauen wir schnell raus. Ist halt tatsächlich einfach im Netz. Würde ich einem selten persönlich ins Gesicht sagen. Dass er Scheiße ist. Aber im Netz zucke ich nicht mal mit der Wimper. Was soll mir schon passieren? Was passiert aber mit dem anderen? Und geht nicht mehr weg. Ist für immer drin. Schwarz auf weiß. So einfach ist dann eine Psyche angegriffen. Und so schwierig, damit zurecht zu kommen. Sensible Sache . . .

Kalle denkt:
Schwitzhütte. Mitten in der Großstadt. Innenhof. Da spielt sich das Leben ab in Wien. Hier ein Kinderspielplatz. Dort ein Fußballplatz. Garten. Garagen. Zelt. Oder eben eine Schwitzhütte. Privatsauna. Mit Lagerfeuer nebenan. Erhitzt die Steine. Immer wieder nachlegen. Curry kochen über dem Feuer. Im großen Topf. Sehnsucht nach Natur befriedigen. Nach Gemeinschaft. Oase. Draußen tobt das Leben. Hier drinnen wird gelebt. Gitarre. Singen. Texte aufs Smartphone. Das Handy als Taschenlampe. Die Dinger können auch wirklich nützlich sein. Keinen stört es. Das ist das überraschende. Man muss die Nachbarn im Griff haben. Sonst ist es umgekehrt. Oder man lädt sie gleich mit ein. Jeder bringt was mit. Nebenan die Werkstatt. Kinder spielen Verstecken. Mülltonnen werden zweckentfremdet. Viele Verstecke gibt es auch gar nicht. Aber die Dunkelheit ermöglicht einiges. Alkohol. Rauchen. Lachen. Musikwünsche an die menschlichen Juke-Boxen. Versteckte Eitelkeiten. Wer kann was? Blitzt aber nur kurz auf. Wie geht noch einmal der Akkord? Da braucht man ein Kapodaster. Und zum 1000. Mal „Streets of London". So bleiben die Lieder lebendig. So lebt auch Bowie weiter. Ebenso wie Janis, Jim oder Jimi. Und man selbst schlüpft kurz in die Sängerrolle. Pläne schmieden. Je später der Abend, desto mehr wird geschmiedet. Gesponnen. Spinnen tut gut. So kommt man auf Ideen. Kreative Sache . . .

Kalle denkt:
Wahlen. Hingehen. Kreuz machen. Oder mehrere. Liste oder Personen. Demokratie. Möglichkeit der Einflussnahme. Direkt. Die gibt es. Fast überall. Wenn keiner mehr zu Aral tanken fährt. Müssen die auch zu machen. Wenn niemand mehr ein Produkt kauft, wird das nicht mehr hergestellt. Oder mehr Werbung. Wir haben mehr Macht, als wir glauben. Und trotzdem ein Gefühl, dass wir nichts bewirken können. Dass „die" doch machen, was sie wollen. Es fehlt an Transparenz. Und an Sprache. „Die" sprechen anders. Nicht klar. Diplomatisch eben. Bis auf die „anderen". Die reden Klartext. Aber eben auch nur das. Hinter den Parolen kommt nix nach. Kein Programm. Keine Konstruktivität. Aber das beurteilen nur „die". Denn selbst „die" und die „anderen" sprechen eine unterschiedliche Sprache. Obwohl bei beiden das Banner „Politik" gespannt ist. Beide sprechen für das Volk. Das sind wir. Und wir können entscheiden, wer für uns sprechen soll. Dazu Arsch hoch. Und ins Wahllokal gegangen. Pflicht erfüllen. Informieren im Vorfeld. Wahl-O-Mat. Und dann entscheiden, was das Beste ist. Für mich. Meine Gemeinde. Die Zukunft. Und wenn das dann die „anderen" sind. Muss man deren Sprache lernen. Sich damit auseinandersetzen. Warum sie gewählt wurden. Wovor diese Wähler Angst haben. Auch das ist demokratisch. Nur Ausgrenzen können die „anderen" besser. Gleiche Ebene. Und dann die Themen angehen. Herausfordernde Sache . . .

Kalle denkt:
Arbeit. Werktage. 9 to 5. Gleitzeit. Früh aufstehen. Anzug und Kostüm. Kostüme hat man auch an Fassenacht. Toast. Kaffee. Kippe. Im Stau zur Arbeit. Frühstücksradio. Gut gelaunt in den Tag. Ich bin nicht gut gelaunt. Sondern müde. Stechkarte rein. Computer an. Stapel abarbeiten. Kaffee. Mittagspause. Mobbing. Mehr Kaffee. Mails, Telefonate, Meetings. Leben um zu arbeiten. Und das ein Leben lang? Arbeit wandelt sich. Jobs verschwinden. Branchen werden gegründet. Start-Up. Maschinen ersetzen Menschen. Effizienz. Schnelligkeit. Was machen diese Menschen? Hartz IV. Stigmatisierung. Der Sinn fehlt. Die Kommunikation fehlt. Immer die gleichen Themen. Umschulung. Alternative Möglichkeiten? Bedingungsloses Grundeinkommen. Die Frage, ob der Mensch an sich faul ist. Ob die Bedürfnispyramide immer noch stimmt. Mit Selbstverwirklichung an oberster Stelle. Luxusproblem? Für manche geht es erst einmal ums nackte Überleben. Da stellt sich die Frage nicht nach Verwirklichung. Sondern habe ich morgen etwas zu essen? Anzuziehen? Ein Dach über dem Kopf? Und doch: Was wollen wir wirklich? Wohlstand für jeden ist machbar. Aber eben nicht für alle. Der Blick über den Gartenzaun. Schwanzvergleich. Ist der Fernseher breiter, größer, neuer? Der kleine tägliche Gewinn. Gewinnen ist wichtig. Höher, schneller, weiter. Leben im Superlativ. Die Nachrichten sind genauso mies auf einem großen Fernseher. Blendende Sache . . .

Kalle denkt:
Gruppen. Faszinierende Gebilde. Unfreiwillige. Schulklassen. Rollen. Klassenclown. Streber. Cliquen. Dazugehören. Und Du nicht. Loser. Bewertung. Aussehen. Klamotten. Verhalten. In einer Schublade drin ist es schwer. Und doch dazugehören wollen. Aber auch als Individuum wahrgenommen werden wollen. Sich durchsetzen. Einen Platz erkämpfen. Anstrengend. Schuluniform als Alternative. Funktioniert glaube ich auch nicht. Denn soziale Unterschiede manifestieren sich eben nicht nur in der Kleidung. Freiwillige Gruppen. Ebenso kompliziert. Es braucht verschiedene Rollen. Kommunikation. Definitionen. Eifersüchteleien. Solange das Ziel klar ist. Und interessant ist. Funktioniert die Gruppe. Aber dann. Sich mit Strukturen auseinandersetzen. In die Tiefe gehen. Intensiver als sich zu trennen. Und sich in einer neuen Gruppe wieder mit denselben Problemen konfrontiert zu sehen. Bands trennen sich. Paare auch. Teams. Idealerweise besteht ein Team aus verschiedenen Charakteren. Ruhig. Laut. Bewahrer. Abenteurer. Denker. Manager. Anführer. Und noch weitere. Hat jeder seine Funktion. Deshalb Assessment-Center. Problemlösungsstrategien. Und wer genau in die Funktion passt, die in einem Team fehlt. Im Idealfall. Ist trotzdem eine konstruierte Situation. Bildet Realität nur ab statt eine zu sein. Dann eben teambildende Maßnahmen. Segeln. Gemeinsam einen Spielplatz bauen. An einem Strang ziehen. Macht Spaß. Ist erfolgreich. Und kann man lernen. Kooperative Sache . . .

Kalle denkt:
Gerechtigkeit. Vermisst man häufig. Wenn man sich Gerichtsurteile mal anschaut. Und die verschiedenen Strafmaße. Für Drogenmissbrauch. Oder Kindesmissbrauch. Unverhältnismäßig. Wir brauchen eine andere Instanz. Gott? Und den Glauben. Irgendwo muss es ein Regulat geben. Kann ja nicht sein, dass die Bösen ungeschoren davon kommen. Wenn die irdisch Geld scheffeln. Oder sonstwas anstellen. Skrupellos. Müssen die sakrosankt bestraft werden. Ganz einfache Sache. Doof im Leben gewesen – ab ins Fegefeuer. Wäre toll, wenn das so liefe. Hilft mir aber jetzt nicht. Im Hier. Vor allem, wenn ich nicht dran glaube. Wäre toll, wenn es jetzt schon fair ablaufen würde. Habe das Gefühl, dass es das nicht tut. Alles irgendwie nicht in der Balance. Ist aber nur so ein Gefühl. Die Medien vermitteln das ja tagtäglich. Die Banken sind schuld. Die Nazis sagen die Ausländer sind schuld. Pegida denkt die Regierung ist schuld. Die Parteien sagen, dass die anderen Parteien schuld seien. Schuld. Da sind wir dann doch wieder bei der Religion. Moralische Bewertungskategorie. Verstoß gegen das Gewissen. Hände im Gegenteil waschen. Wer ist schuld? Die Frauen natürlich! Nur weil Eva diesen ollen Apfel essen musste. Der muss aber auch lecker ausgesehen haben. Und Adam hätte sie nicht davon abhalten können? Schuld sind immer die anderen. Der Griff an die eigene Nase fällt schwer. Sollte trotzdem ab und an stattfinden. Um auf die eigenen Möglichkeiten der Einflußnahme zu kommen. Mögliche Sache . . .

Kalle denkt:
Spielen. Miteinander. Gegeneinander. Gemeinsam. Meist gewinnt einer. Alle anderen verlieren. Sesseltanz. Reise nach Jerusalem. Jerusalem ist mittlerweile übervölkert. Deshalb die Reise weg von Jerusalem. Alle gewinnen. Nur Stühle kommen weg. Keine Menschen. Stapeln. Strategie. Irgendwann Herausforderung. Halten die Stühle? Bricht die Lehne? Nur Stühle und Menschen berühren. Einfache Lösung. Kommt man aber erst spät drauf. Langsam wieder runter. Kooperation. Wie gelangt man zu Lösungen? Wie macht man das im Leben? Das Kind im Manne darf spielen. Das Kind in der Frau wird geboren. Die einen spielen mit Autos. Die anderen mit Barbie. Blau. Pink. Alles festgelegt. Rollen. Rahmen. Ja nicht rausfallen. Ich will mir auch die Nägel lackieren. Aber nur, wenn ich Gruftie bin. Schwarz. Kleider gehen auch nicht. Gendern. Geschlecht. Determination. Chromosomen. Verhaltens- und Persönlichkeitsunterschiede ergeben sich nicht aus dem biologischen Geschlecht. Aus sozialen Bedingungen. Strukturen. Normen. Männer und Frauen passen sich an. Soziale Konstrukte. Aber auch biologische Unterschiede. Körpergröße. Muskeln. Und natürlich Gebärfähigkeit. Außer Schwarzenegger, der kann alles. Film wird Wirklichkeit. Natürlich in Amerika. Dann doch lieber wieder Kind sein. Die spielen nur. Egal mit wem. Ob Bub, Bursche, Dirndl, Mädchen oder was auch immer. Irgendwas. Ohne Gewinner. Einfach nur, um was miteinander zu machen. Zusammene Sache . . .

Kalle denkt:
Montag. Garfield hasst ihn. Ganz viele andere auch. Dabei kann er gar nichts dafür. Schuld ist eigentlich der Sonntag. Angenommen, der Sonntag wäre ein Arbeitstag. Dann würden wir den Montag lieben. Armer Montag. Cool wäre auch, wenn wir am Freitag frei hätten. Würde dem Namen mehr entsprechen. Und wer kam auf die Idee, dass der Mittwoch die Mitte der Woche wäre? Stimmt doch gar nicht. Und was ist mit dem Sams? Die Wochentage wurden übrigens im alten Babylon nach den sichtbaren Wandelsternen des geozentrischen Weltbildes benannt. Da, schon wieder was ausländisches. Wie der Döner, die Pizza, die Schrift und sowieso ganz vieles. Damals wurden die Sterne selbst als Götter angesehen. Griechen und Römer übernahmen das. Die Germanen auch. Nur die Christen mussten wieder was verändern. Wollten die heidnischen Namen zurückdrängen. Was ihnen aber im deutschsprachigen Raum nur bei Mittwoch und Samstag gelang. Ich mag den Montag. Alles fängt wieder von vorne an. Wie Silvester. Nur schon alle sieben Tage. Ohne Montag auch keine Freude aufs Wochenende. Ohne Anfang kein Ende. Und was wäre die Welt ohne Montag? Kein Umzug an Fassenacht in Köln, Düsseldorf und Mainz. Wahrscheinlich hätten wir die DDR noch. Und so kommen die Pegida-Menschen auch mal unter die Leute. Halt nur unter ihresgleichen. Aber immerhin. Und wir würden ansonsten den Dienstag hassen. Wöchentliche Sache . . .

Kalle denkt:

Böhmermann. Ich musste den Namen auch einfach mal schreiben. Mediale Überpräsenz. Jeder hat eine Meinung dazu. Und verkündet sie. Was das eigentlich Schlimme ist. Ich jetzt auch. Erfundene Interviews. Konstruktion der Wirklichkeit. Machen wir alle. Manche Konstrukte sind eben wirklicher. Weil medialer präsent. Bis das nächste Thema kommt. Aufregen. Ablenkung von wirklich wichtigen Dingen. Was ist eigentlich wirklich wichtig? Wer legt das fest? Am Ende facebook. Was mache ich, wenn mich jemand beleidigt? Kommt auf den Bildungsstand an. Auf das Aggressionspotential. Auf die erlernte Methode. Am wirksamsten ist gleich aufs Maul. Kannten schon die Neandertaler. Geht schnell. Beeindruckt. Je fester desto mehr. Dann holt der andere halt seine Brüder. Dann haben die anderen Brüder eben Messer. Dann haben die anderen Brüder eben Knarren. Geht immer so weiter. Unzivilisiert. Miteinander reden? Ausgehend davon, dass ich einen anderen Menschen nie wirklich verstehen kann? Schreit nach Unerfolg. Aber wir können andere darüber reden lassen. Fachleute. Und jemand befragen, wer denn recht hat. Der die Gesetze kennt. In Programmversuchen von Fernsehsendern hat man herausgefunden, dass der Deutsche an sich gerne jemanden hat, der entscheidet. Deshalb Salesch & Co.. Schwarz-weiß. Gut und Böse. Der ein Strafmaß festlegt. Der über Satire richtet. Und sie als solche hoffentlich identifizieren konnte. Fragwürdige Sache . . .

Kalle denkt:

Prince. Nicht King of Pop. Nur Prinz. Nur? Haut ein Album á là „Purple Rain" raus. Um sich danach mit jedem Album wieder neu zu erfinden. Nicht auf der Erfolgswelle schwimmen. Kreativ sich weiter entwickeln. Das ist Kunst. „Dirty Mind" meine erste CD. Mit Kopfhörer am CD-Player gehört. Weil die Anlage dazu noch fehlte. Auf meinem Kinderschallplattenspieler „Purple Rain". Auf Ibiza gekauft. Nachts aufstehen als 9-Jähriger. Um ein Live-Konzert von ihm zu schauen. Im ZDF. Lausiger Schauspieler. Man kann nicht alles können. Singt von Sex. Ist purer Sex. Gleichzeitig Zeuge Jehovas. Gewinnt das Duell gegen Michael Jackson bei den Music Awards. „Purple Rain" beats „Beat it". Will auch nicht bei ihm im Video mitspielen. Als er den 3. Preis an dem Abend gewinnt, bedankt er sich doch noch persönlich mit ein paar Worten. Vorher schüchtern. Auch das ist Prince. Legt sich mit der Plattenfirma an. Benennt sich um in ein Symbol. Künstler halt. Die haben schon was an der Klatsche manchmal. Dient ihm aber dazu, aus dem Vertrag irgendwie rauszukommen. Hat keinen Bock drauf, dass die Labels die ganze Kohle einstecken. Fragt bei einem Konzert 2008, ob man wegen „Purple Rain" gekommen wäre. Die Menge jubelt. Und er nur trocken: „Dann seid Ihr 20 Jahre zu spät!". Gibt es natürlich trotzdem als Zugabe. Wäre gerne bei der ersten Jam-Session mit Jimi da oben dabei. Gitarrige Sache . . .

Kalle denkt:

Ausgrenzung. Hat noch nie was Gutes hervorgebracht. Polarisierung. Blau gegen Grün. Hier Blau, dort Braun. Vermeintlich dasselbe drin. Jeder sagt, der Andere ist der Böse. Man redet übereinander. Anstatt miteinander. So wird ein Verstehen unmöglich. Und der Ton wird rauher. Die einen werden gebeten, nicht ein Café zu besuchen. Ist eigentlich das, was man den anderen vorwirft. Hunde müssen draußen bleiben. Keinen Deut besser. Gleiche Ebene. Schade. Die Reaktion lässt nicht lange auf sich warten. Ist in der Heftigkeit genauso daneben. Man müsste eigentlich Einladungen aussprechen. Willkommenskultur. Mit den eigenen Landsleuten. Kommt rein. Setzt Euch hin. Und redet mit uns. Denn es geht nur gemeinsam. Wir leben alle im gleichen Land. Und lieber Kaffee miteinander trinken als sich die Köpfe einschlagen. Zuhören. Richtig und falsch ausschalten. Stattdessen konstruktiv nach vorne schauen. Protest ist gut. In einer Demokratie sogar erwünscht. Wenn das kategorische „Dagegen!" ausgetauscht wird. Zugunsten eines „warum denn nicht mal . . .". Probieren. Diskussionen am Stammtisch. Mit allen Farben. Vom Volk ausgehend. Mit Vorschlägen. Alle Ängste berücksichtigen. Genauso wie die Menschenrechte. Irgendwann die Politiker dazu holen. Die müssen das schließlich umsetzen. Und den Medien die Panikmache verbieten. Oder sie als solche identifizieren können. Sich von Schlagzeilen nicht mehr beeindrucken lassen. Freiheitliche Sache . . .

Kalle denkt:

Bundesliga. 34 Spieltage. Am Ende ein Meister. Meistens Bayern. Langweilig. Gestern wieder. Hat niemanden wirklich interessiert. Keine Bierdusche. Keine übermäßige Freude. Empfangen von 34 Fans in München. Ein Fan pro Spieltag. Enthusiasmus sieht anders aus. Aber wie auch. Seit Monaten nur noch Diskussionen über das Triple. Nicht geschafft. Guardiola. Der Unvollendete. Das sind Sorgen. Andernorts kann aber gefeiert werden. In Mainz empfangen 500 Leute abends die Mannschaft. Europapokal. Friedliche Bengalos. Feiern. Freude. Singen. Oder bei denen, die es geschafft haben. Unerwarteterweise. Drinzubleiben in der Liga. Darmstadt. Ingolstadt. Und ausnahmsweise keine Relegation in Hamburg. Noch ein Spieltag, bis endgültig alles feststeht. Dann Schaulaufen bei der EM. Und das Transfertreiben beginnt. England wird mit Millionen um sich schmeißen. Kader zusammenkaufen. Und Geld schießt doch keine Tore. Andere werden in die Jugend investieren. Neue Helden werden geboren. Küssen das Vereinsemblem, wenn sie ein Tor schießen. Lippenbekenntnisse. Um dann dorthin zu gehen, wo das meiste Geld zu verdienen ist. Angebot und Nachfrage. Viel zu hohe Summen. Aber wir schauen zu. Wollen ein Leicester haben. Warten sehnsüchtig darauf. So lange nehmen wir eben die alten Bekannten. Und kaufen die Trikots. Lassen uns diktieren, welches Bier wir trinken. Marktwirtschaftliche Sache . . .

Kalle denkt:
Pfingsten. OPEN OHR. Zitadelle. Local Opener. Vor der Bühne. Das 1. Bier. Rumlaufen. Menschen begrüßen. Schauen, ob es einen neuen Essensstand gibt. Mini-Donuts. Dinnele. Die Glocke. Es kommt Bewegung in die Schlange. Alte Gesichter. Freudiges Wiedersehen. Man kommt kaum vorwärts. Beim 2. Bier. Programm holen. Darin schmökern. Ein erster Plan, was man sehen will. Der ungefähr 100 Mal umgeschmissen wird. Warum laufen geile Dinge immer parallel? Sich treiben lassen. Das 3. Bier. Kaffee zwischendurch. Die Festivaltasse dabei kaufen. Wieder eine mehr für die Sammlung. Die mittlerweile stattlich ist. Und von vielen Erlebnissen erzählt. Musik. Theater. Oder doch lieber eine Diskussion? Man kommt zu spät, weil man eben wieder irgendwo eine schöne Begegnung hatte. Das nächste Bierchen. Auch den anderen Verlockungen nachgeben. Doch eine Diskussion. Das gehört einfach dazu. Hebt es ab von reinen Konsum-Festivals. Auch wenn es immer egaler wird, um welches Hauptthema es geht. Man geht eben auf das Festival. Ein komplett konservatives Verhalten. Von linken Zecken. Familienfestival. Ein bisschen Jonglieren. Labern. Irgendwann mal Zeltplatz. Immer der gleiche Platz. Neben den gleichen Nachbarn. Abendprogramm. Hauptbühne. Immer mehr Balkanbeat. Kabarett zum Abschluss. Ein runder Tag. Nach wieviel Bierchen? Morgen wieder. Und dann im nächsten Jahr. Unendliche Sache . . .

Kalle denkt:
Danach. Der Tag. Aufgewacht zwischen Klo und Flur. Mitten im Türbogen. Mit Kopfschmerzen. Verklebten Haaren. Striemen im Gesicht. Striemen in der Erinnerung. Aufraffen. Erinnerung sortieren. Feststellen, dass da erst einmal gar keine Erinnerung ist. Ertränkt in Alkohol. Fast schon trockene Spucke vom Mund wischen. Was weiß ich noch? Womit hat es angefangen? Mit wem? Szenenhafte Rekonstruktion. Gepaart mit dem Wunsch, dass nix Schlimmeres passiert ist. Niemandem. Ist bislang immer gut gegangen. Da liegt noch jemand. Auf dem Sofa. Hinknien. Ja, bekanntes Gesicht. Anna oder so. Irgendwas mit A. Stimmt, die war mit der Gruppe unterwegs. Bei der Würstelbude. Hat mir ein Bier ausgegeben. Oder auch zwei. War lustig. Aber selbst schon voll. Geschenktem Gaul schaut man nicht ins Maul. Immerhin noch angezogen. Ich auch. Dazu hat es nicht mehr gelangt. Zum Glück. Ins Bad. Spiegel. Ich kenn Dich nicht, aber ich wasch Dich. Nässe. Kälte. Tut gut. Gleichgewicht. Lass das Wasser über die Knöchel laufen. Schließe die Augen. Lebensgeister werden geweckt. Der Kopf meldet sich wieder. Der Magen auch. Kommt da was hoch? Schaue in Richtung Klo.  Ups. Da kam wohl schon vorhin was hoch. Unterdrücke den Brechreiz. Wische das Klo oberflächlich sauber. Einen Kaffee! Oder doch ein Konterbier? Ravioli. Auf jeden Fall Salz. Wanke in die Küche. A rührt sich. Ich setze mich. Nie wieder so viel trinken. Bis heute abend. Vorsätzliche Sache . . .

Kalle denkt:
Panini. Keine italienischen Brötchen. Pickerl. Sticker. Von Fußballern. Die im Sommer um die EM wetteifern. Sammeln. Alle zwei Jahre wieder. Das Album voll bekommen. Kinderkram. Mitnichten! Tauschbörse. Im Internet. Oder auch live. Man lernt die Stadt kennen. Fährt zwei Stunden in der Weltgeschichte herum. Für fünf Sticker. Oder auch nur für einen. Und ist happy. Das Einkleben als Meditation. Gespannt warten auf den Postboten. Ob der sich wundert, dass auf einmal Post verschickt wird? Die Post kooperiert bestimmt mit Panini. Sticker-Mafia. Letztens am Briefkasten. Eine ältere Frau freut sich, dass ich auch mehrere Briefe einschmeiße. Würde man ja gar nicht mehr machen. Heutzutage. Früher und so. Der nächste, der etwas einwirft, wird auch mit Lob bedacht. Eine Unterhaltung entspinnt sich. Schön, wenn man Zeit für so was hat. Für jemand aus Mainz hätte ich ja ein tolles Selbstvertrauen. Hä? Keine Zeit, das aufzulösen. Schon wieder das nächste Thema. Mitteilungsbedürfnis. Bis ich doch weg muss. Begegnungen der schönen Art. Wie beim Tauschen. Dankbarkeit. Guter Ton. Silberne Sticker sind begehrter. Weil seltener. Aber auch wieder lehrreiche Begegnungen. Manche wollen ihr Album vollbekommen. Andere wollen horten. Andere Geld verdienen. Manche zu horrenden Preisen. Wie wir Menschen eben so ticken. Jeder anders. Und jede sowieso. Individuelle Sache . . .

Danksagungen:

Danke an Gesine für das sonntägliche Lektorieren. Für die ganzen Anmerkungen – die dann meist doch umgesetzt wurden. Und für Deine Begeisterungsfähigkeit.

Danke an Luana und Maila für die unentwegte Inspiration.

Danke an Sabine für den Tritt in den Hintern, endlich das Buch herauszubringen.

Danke an Bianca für aus den ganzen Ideen ein Buch basteln.

Danke an alle Illustratorinnen und Illustratoren für Euren Beitrag und Eure Geduld.

Danke an alle, die Kalle lesen und Spaß damit haben!

Kalle denkt:

Geburtstag. Jedes Jahr wieder. Doof, dass den einige kennen.
Dann Hartnäckige, die an sowas denken, gibt es immer wieder.
 Zsa Zsa Gabor müsste man sein. Oder sich das aussuchen dürfen,
wann man Geburtstag feiert. Jedes Jahr einen anderen Tag.
 Wenn man den Tag dauernd ändern muss im Terminkalender,
trägt den sich bestimmt niemand mehr ein. Oder die erfinden
auch dafür dann eine App. Und man müsste sich auch aussuchen
dürfen, wie alt man tatsächlich ist. Nämlich so alt wie man
sich fühlt. Zudem gratuliert man den total falschen.
 Man müsste den Eltern Glückwünsche aussprechen.
Erst einmal in Zeiten wie diesen den Mut aufzubringen und Kinder
in die Welt zu setzen. Und das dann auch durchgezogen zu haben.
Inklusive Erziehung und dem ganzen Stress. Windeln, Zahnen,
Einschulung, Pubertät, Tanzkurs. Habe all das überlebt.
 Das wäre einen Glückwunsch wert. Und im Hinterkopf immer:
 Schon wieder ein Jahr älter. Nichts gegen altern.
Ob würdevoll oder nicht, was auch immer das bedeutet.
Ich würde mich glaube ich gerne dafür entscheiden, unwürdevoll zu altern.
 Oder wie heißt das Gegenteil?
Google bietet mir unter anderem
 flatterhaft und vulgär an.
Das nehme ich, ich würde gerne
vulgär alt werden!
Und ich rede mich dann
jedes Mal mit dem
Tourette-Syndrom heraus.
 Das verspricht Action
bis ins hohe Alter!
 Lustige Sache . . .

Die Illustratorinnen und Illustratoren samt Kontaktmöglichkeit:

Titelbild, Anfang:
Marianne Hink (marianne.hink@gmail.com)

„Seite 1", Ferien, Sport, Bauernhof, Aufräumen, Respekt, Aggression, Jugendsprache, Knäckebrot, Grenze, Fassenacht, Ruhe, Arbeit, Prince, Ausgrenzung, Bundesliga:
Petra Kölbl (petrakoelbl26@gmail.com)

Wordcloud, Flüchtlinge, Musiker, Chaos, Freundschaft, Weihnachten, Danach:
Bianca Schützenhöfer (www.blueelephant-design.at)

„Die Geburt einer besonderen Art":
Dirk Becker (dirk70becker@web.de)

Streit, Fremd, Entspannung:
Carola Bergmann (www.carola-bergmann.de)

Seele:
Briant Rokyta (Permanent Creation Briant Rokyta
            www.briantrokyta.com)

Spät:
Nika Tchankvetadze (soziashvili@gmx.de)

Reden:
Wolfgang Müller-Commichau
(Künstler und Hochschullehrer, mueller-commichau1@web.de)

Warten:
Joachim Holz (www.joachimholz.de)

2016:
Anita Ortner (www.igo-illustration.at)

Körpersprache, Überblick, Spielen:
slaVit (www.slavit.com)

Geburtstag:
Raymund Frey (Illustration und Design; www.raymund-frey.de)

Alle Texte:
Marcus Becker
(www.schriftstellen.net; marcus.becker@kommstruktiv.de
und auf facebook)